T R A N Z L A T Y

El idioma es para todos

A nyelv mindenkié

La Transformación
(*La Metamorfosis*)
Az átváltozás

Franz Kafka

Español
Magyar

www.tranzlaty.com

Primera parte
Első rész

Gregorio Samsa se despertó una mañana de un sueño intranquilo.
Gregor Samsa egy reggel nyugtalan álmokból ébredt.
Se encontró en su cama, pero incapaz de moverse.
Az ágyában találta magát, de mozdulni sem tudott.
Se había transformado en una alimaña monstruosa.
Szörnyűséges féreggé változott.
Estaba acostado boca arriba, sobre su espalda, que estaba dura como una armadura.
A hátán feküdt, ami kemény volt, mint a páncél.
Levantando un poco la cabeza podía ver su barriga.
Ha kicsit felemelte a fejét, láthatta a hasát.
Pero su vientre estaba abovedado y dividido en segmentos.
De a hasa kupolás volt, és szegmensekre tagolódott.
La manta descansaba encima de su vientre redondeado.
A takaró a kerekded hasán pihent.
Pero la manta estaba a punto de caerse por completo.
De a takaró majdnem teljesen lecsúszott.
Sus piernas eran lamentables comparadas con su tamaño habitual.
A lábai szánalmasak voltak a szokásos méretükhöz képest.
Y sus muchas piernas se movían impotentes ante sus ojos.
És sok lába tehetetlenül pislákolt a szeme előtt.
"¿Qué me ha pasado?" pensó para sí.
„Mi történt velem?" – gondolta magában.
Pero no era un sueño del que no pudiera despertar.
De ez nem egy olyan álom volt, amiből ne tudott volna felébredni.
En realidad era su propia habitación la que él se encontraba.
Valójában a saját szobájában találta magát.
Un auténtico espacio para humanos, aunque un poco pequeño.
Egy igazi szoba embereknek, de egy kicsit túl kicsi.
Él yacía tranquilamente entre las cuatro paredes conocidas.

Csendben feküdt a négy jól ismert fal között.
Sobre la mesa había una colección de muestras textiles.
Az asztalon textilminták gyűjteménye volt.
Samsa era un vendedor ambulante, de ahí las muestras.
Samsa utazó ügynök volt, innen erednek a minták.
Encima de las muestras textiles desmontadas había una imagen.
A szétszerelt textilminták felett egy kép volt.
Recientemente había recortado la imagen de una revista.
Nemrég vágta ki a képet egy magazinból.
Había colocado el cuadro en un bonito marco dorado.
A képet egy szép, aranyozott keretbe helyezte.
El cuadro enmarcado mostraba a una dama sentada erguida.
A bekeretezett kép egy egyenesen ülő hölgyet ábrázolt.
Llevaba un gorro de piel y tenía un manguito de piel.
Szőrmes kalapot és szőrös muffot viselt.
Ella estaba levantando su mano hacia el espectador de la imagen.
A kép nézője felé emelte a kezét.
Todo su antebrazo desapareció dentro de su pesado manguito de piel.
Az egész alkarja eltűnt a nehéz szőrös muffban.
Gregor miró por la ventana el clima gris.
Gregor kinézett az ablakon a borongós időre.
Se podía oír fuertes gotas de lluvia golpeando la ventana.
Hallani lehetett, ahogy nehéz esőcseppek csapódnak az ablaknak.
El clima gris lo hacía sentir muy melancólico.
A szürke időjárás nagyon melankolikus érzéssel töltötte el.
"¿Qué tal si duermo un poco más?" pensó.
„Mi lenne, ha egy kicsit tovább aludnék?" – gondolta.
"Dormir más podría ayudarme a olvidar estas tonterías".
„Több alvás talán segít elfelejteni ezt az ostobaságot."
Pero dormir más era completamente inviable.
De tovább aludni teljesen képtelenség volt.
Porque estaba acostumbrado a dormir sobre su lado derecho.
Mert megszokta, hogy a jobb oldalán aludjon.

Pero su estado actual le impedía realizar sus movimientos habituales.

De jelenlegi állapota megakadályozta a szokásos mozdulatait.

No tenía forma de llegar a esa posición.

Esélye sem volt rá, hogy ebbe a pozícióba kerüljön.

Intentó con todas sus fuerzas lanzarse hacia su lado derecho.

Minden erejével igyekezett a jobb oldalára feküdni.

Probablemente intentó este movimiento cientos de veces.

Valószínűleg százszor megkísérelte ezt a mozdulatot.

Pero él siempre volvía a la posición supina.

De mindig visszabillent a hanyatt fekvő helyzetbe.

Cerró los ojos para no ver sus piernas inquietas.

Lehunyta a szemét, hogy ne lássa a remegő lábait.

Al final el dolor le impidió intentarlo de nuevo.

Végül a fájdalma megakadályozta abban, hogy újra próbálkozzon.

Un dolor sordo en el costado que nunca había sentido antes.

Tompa fájdalom hasított az oldalába, amit korábban soha nem érzett.

«Oh Dios», pensó desesperado Gregorio Samsa.

„Ó, Istenem!" – gondolta magában kétségbeesetten Gregor Samsa.

¡Qué profesión tan agotadora he elegido para mí!

„Micsoda megerőltető hivatást választottam magamnak!"

"Día tras día tengo que viajar por trabajo".

„Nap mint nap utaznom kell a munkám miatt."

"El trabajo de oficina es mucho más fácil que trabajar fuera de casa".

„Az irodai munka sokkal könnyebb, mint az úton."

"Y tengo la maldición de tener que viajar."

„És az az átkom van, hogy utaznom kell."

"Todas las preocupaciones por llegar a tiempo a los trenes."

„Az összes aggodalom amiatt, hogy időben odaérjünk a vonatokhoz."

"Mis horarios de comida son irregulares y la comida es mala".

„Rendszertelenül étkezem, és az étel is rossz."

"Mis amigos siempre están cambiando de ciudad en ciudad."
„A barátaim folyton cserélődnek városról városra."
"Las interacciones que tengo son frías y profesionales".
„A kapcsolataim hidegek és professzionálisak."
"¡Dejad que el Diablo se divierta con este tipo de trabajos!"
"Hadd szórakozzon az ördög ilyen munkával!"
Sintió un ligero picor en la parte superior del estómago.
Enyhe viszketést érzett a hasa tetején.
Se apoyó contra el poste de la cama, con la espalda.
Háttal az ágyoszlopnak nyomta magát.
Quería poder levantar mejor la cabeza.
Jobban akarta tudni emelni a fejét.
Encontró el punto que le picaba y le molestaba.
Megtalálta a viszkető pontot, ami zavarta.
Su cabeza parecía estar cubierta de pequeños puntos
blancos.
A fejét mintha apró fehér pöttyök borították volna.
No podía decir qué eran esos pequeños puntos blancos.
Mik voltak ezek az apró fehér pontok, nem tudta
megmondani.
Había planeado tocar el lugar con una de sus piernas.
Azt tervezte, hogy az egyik lábával megérinti a pontot.
Pero cuando tocó el lugar sintió un extraño escalofrío.
De amikor megérintette a pontot, furcsa hidegséget érzett.
Entonces inmediatamente retiró la pierna del lugar.
Így azonnal elrántotta a lábát a helyéről.
No tuvo más remedio que aceptar la sensación de picazón.
Nem volt más választása, mint elfogadni a viszkető érzést.
Y volvió a su posición anterior en la cama.
És visszatért előző pozíciójába az ágyban.
"Despertarse tan temprano realmente te vuelve bastante
estúpido".
„Az, hogy az ember ilyen korán kel, elég hülyévé teszi."
"Un hombre debe dormir lo suficiente", pensó.
„Egy férfinak eleget kell aludnia" – gondolta magában.
"Los demás vendedores ambulantes viven una vida de lujo."
„A többi utazó ügynök fényűző életet él."

"Por la mañana transfiero los pedidos que he recibido."
"Reggel átadom a kapott parancsokat."
"Mientras tanto esos señores todavía están desayunando."
– Mindeközben azok az urak még mindig reggeliznek.
"Imagínese si intentara hacer eso con mi jefe".
„Képzeld csak el, ha megpróbálnám ezt megtenni a
főnökömmel."
"Me despediría antes de terminar mi desayuno."
„Még mielőtt befejezném a reggelimet, kirúgna."
"Pero quizá eso tampoco sería lo peor."
– De talán nem is ez lenne a legrosszabb.
"El problema es que mis padres me están frenando".
"A probléma az, hogy a szüleim visszatartanak."
"Si no fuera por ellos ya habría dimitido."
„Ha ők nem lettek volna, már rég lemondtam volna."
"Me habría enfrentado al jefe y se lo habría dicho".
„Szembe álltam volna a főnökkel, és elmondtam volna neki."
"Diría exactamente lo que pienso de él y del trabajo".
„Pontosan elmondanám, mit gondolok róla és a munkájáról."
"¡Se caería del escritorio si le contara todo!"
"Leesne az asztaláról, ha mindent elmondanék neki!"
"Es muy extraña la forma en que se sienta en su escritorio".
„Nagyon furcsa, ahogy az asztalán ül."
"La forma en que habla con sus subordinados no es
correcta".
„Ahogy a beosztottaival beszél, az nem helyes."
"Y lo peor es que su audición es muy pobre".
– És a legrosszabb az egészben, hogy annyira rossz a hallása.
"Así que no te queda otra opción que sentarte muy cerca de
él."
– Tehát nincs más választásod, mint nagyon közel ülni hozzá.
Pero dicho todo esto, la esperanza no está completamente
perdida todavía.
„De mindezek ellenére a remény még nem veszett el teljesen."
"Ahorraré el dinero para pagar la deuda de mis padres".
„Spórolni fogok a pénzből, hogy kifizessem a szüleim
adósságát."

"No puedo hacer nada mientras todavía le deban dinero".
„Nem tehetek semmit, amíg még tartoznak neki pénzzel."
"Pero cuando la deuda esté pagada definitivamente lo haré."
„De ha kifizetem a tartozást, akkor biztosan megteszém."
"Probablemente tomará otros cinco o seis años."
– Valószínűleg még öt-hat évig fog tartani.
"Sí, entonces definitivamente se hará la gran separación".
– Igen, akkor a nagy elválás mindenképpen megtörténik.
"Por el momento, sin embargo, debo levantarme de la cama."
– Egyelőre azonban ki kell kelnem az ágyból.
"Porque mi tren sale a las cinco en punto."
– Mert a vonatom öt órakor indul.
Gregor miró el despertador que sonaba sobre la mesa.
Gregor az asztalon ketyegő ébresztőórára nézett.
"¡Padre Celestial!" pensó al ver la hora.
„Mennyei Atyám!" – gondolta, amikor meglátta az időt.
Las seis y media ya habían pasado silenciosamente.
Fél hét már csendben elmúlt és elmúlt.
Y las manecillas del reloj seguían avanzando.
És az óra mutatói egyre csak mozogtak előre.
Y ahora se acercaba la cuarta hora menos cuarto.
És most már háromnegyed hét felé járt az idő.
"¿Quizás la alarma no sonó para despertarme?", pensó.
„Talán meg sem szólalt az ébresztő?" – gondolta.
Desde la cama Gregor inspeccionó el despertador.
Gregor az ágyából nézte az ébresztőórát.
El despertador estaba programado exactamente para las cuatro.
Az ébresztőóra pontosan négy órára volt beállítva.
No podía explicarlo, pero la alarma debió haber sonado.
Nem tudta megmagyarázni, de biztosan megszólalt a riasztó.
"¿Cómo pude dormirme a pesar de la alarma sin darme cuenta?"
„Hogy aludhattam át a vekkert anélkül, hogy tudtam volna?"
Cuando suena la alarma incluso sacude los muebles.
Amikor megszólal a riasztó, még a bútorokat is megrázza.
Sabía que su sueño no había sido para nada tranquilo.

Tudta, hogy az álma egyáltalán nem volt nyugodt.

Pero quizá por eso su sueño era mucho más profundo.

De talán ezért volt sokkal mélyebb az álma.

Tenía que pensar qué debía hacer ahora.

Gondolkodnia kellett azon, hogy mitévő legyen most.

El siguiente tren no salía hasta las siete.

A következő vonat csak hét órakor indult.

Coger ese tren sería casi imposible.

Azt a vonatot szinte lehetetlen lett volna elérni.

Y aún no había empacado los textiles que necesitaba.

És még nem csomagolta be a szükséges textíliákat.

Tampoco se sentía especialmente fresco y ágil.

Nem érezte magát különösebben frissnek és fürgenek sem.

Quizás había una posibilidad de subir al tren.

Talán lett volna esély felszállni a vonatra.

Pero de todas formas, un regaño por parte del jefe era inevitable.

De a főnök leszidása így is, úgy is elkerülhetetlen volt.

El empleado habría subido al tren de las cinco.

A hivatalnok felszállt volna az ötórás vonatra.

El oficinista era una criatura sin carácter del jefe.

Az irodai tisztviselő a főnök gerinctelen teremtménye volt.

Así que la ausencia de Gregor ya habría sido informada.

Tehát Gregor távollétét már jelentették volna.

"¿Qué pasa si llamo para avisar que estoy enfermo?" Gregor estaba pensando.

„Mi van, ha beteget jelentek?" – tűnődött Gregor.

Pero eso sería extremadamente embarazoso y sospechoso.

De ez rendkívül kínos és gyanús lenne.

Gregor nunca había estado enfermo durante el tiempo que trabajó allí.

Gregor soha nem volt beteg az alatt az idő alatt, amíg ott dolgozott.

Y ya les había dado cinco años de servicio.

És már öt év szolgálatot adott nekik.

Lo más probable era que el jefe viniera a ver cómo estaba.

Valószínűleg a főnök eljön majd, hogy érdeklődjön felőle.

Probablemente traería al médico del seguro médico.
Valószínűleg elhozná az egészségbiztosító orvosát.
Y culparía a los padres por la pereza de su hijo.
És a szülőket hibáztatná lusta fiukért.
No podrían hacerle ninguna objeción.
Nem tudnának ellene semmi kifogást emelni.
Porque para él sólo había dos clases de trabajadores.
Mert számára csak kétféle munkás létezett.
O bien los trabajadores estaban completamente sanos o bien eran reacios al trabajo.
Vagy teljesen egészségesek voltak a munkások, vagy szégyenlősek a munkától.
¿Y estaría equivocado en ese análisis básico?
És vajon ebben az alapvető elemzésben is tévedne?
Ciertamente, en este caso tenía un argumento sólido.
Bizony, ebben az esetben erős érvei voltak.
A pesar de su apariencia, Gregor en realidad se sentía bastante bien.
A külseje ellenére Gregor valójában egészen jól érezte magát.
El sueño innecesariamente largo lo dejó un poco somnoliento.
A felesleges hosszú alvás kissé álmossá tette.
Pero aparte de eso no podía quejarse de enfermedad.
De ezen kívül nem panaszkodhatott betegségre.
Incluso sintió un hambre especialmente fuerte y saludable.
Még egy különösen erős és egészséges éhséget is érzett.
Mientras pensaba estos pensamientos el reloj volvió a sonar.
Miközben ezeket a gondolatokat járta a fejében, az óra újra ütött.
Según la alarma eran ya las siete menos cuarto.
A riasztó szerint ekkor már háromnegyed hét volt.
Y ahora también se oyó un suave golpe en la puerta.
És most egy halk kopogás is hallatszott az ajtón.
—Gregor —lo llamó alguien. Era la madre.
„Gregor!" – kiáltotta valaki – az anya volt az.
"Son las siete menos cuarto", confirmó la alarma.
– Háromnegyed hét van – erősítette meg a riasztót.

¿No querías irte?, preguntó la suave voz.

- Nem akartál elmenni? - kérdezte a szelíd hang.

Gregor se asustó cuando oyó su voz respondiendo.

Gregor megijedt, amikor meghallotta a hangját válaszul.

La voz seguía siendo la voz que siempre tuvo.

A hangja még mindig az volt, ami mindig is volt neki.

Pero ahora había un nuevo sonido mezclado en su voz.

De most egy új hang vegyült a hangjába.

Desde lo más profundo de él también salió un doloroso chillido.

Mélyről belülről egy fájdalmas nyikorgás is előtört.

Al principio su voz parecía formar palabras con claridad.

Először úgy tűnt, a hangja tisztán formálja a szavakat.

Pero entonces Gregor escuchó el eco mental de su voz.

De aztán Gregor meghallotta a hangja mentális visszhangját.

La grabación de su voz se interrumpió de una manera extraña.

A hangfelvétele furcsa módon megtört.

Y no estaba seguro de si había escuchado las cosas correctamente.

És nem volt biztos benne, hogy jól hallotta-e a dolgokat.

Gregor sintió un profundo deseo de dar una respuesta detallada.

Gregor mély vágyat érzett arra, hogy részletes választ adjon.

Quería explicarle todo claramente a su madre.

Mindent világosan el akart magyarázni az anyjának.

Pero, dadas las circunstancias, tuvo que limitarse.

De a körülményekre való tekintettel korlátoznia kellett magát.

Y respondió mucho más breve de lo que le hubiera gustado.

És sokkal rövidebben válaszolt, mint szerette volna.

-Sí madre, no te preocupes, gracias, ya estoy levantado.

– Igen, anya, ne aggódj, köszönöm, már fent vagyok.

La puerta de madera probablemente ayudó a amortiguar su voz.

A faajtó valószínűleg hozzájárult ahhoz, hogy tompítsa a hangját.

Desde fuera el cambio en la voz de Gregor pasó desapercibido.

Kint Gregor hangjának változása észrevétlen maradt.

La madre pareció estar satisfecha con su explicación.

Az anya láthatóan elégedett volt a magyarázattal.

Y ella se fue de nuevo tan silenciosamente como había llegado.

És ugyanolyan csendben távozott, mint ahogy jött.

Pero la pequeña conversación tuvo un efecto no deseado.

De a kis beszélgetésnek nem kívánt hatása lett.

Llamó la atención de los demás miembros de la familia.

Felkeltette a többi családtag figyelmét.

Gregor todavía estaba en casa y no había ido a trabajar.

Gregor még otthon volt, és nem ment be dolgozni.

Y ahora el padre también llamó a la puerta lateral.

És most az apa is kopogott az oldalsó ajtón.

Golpeó débilmente, pero decidido, con el puño.

Gyengén, de elszántan kopogott ököllel.

—Gregor, Gregor —gritó—, ¿cuál es el problema?

– Gregor, Gregor – kiáltotta –, mi a baj?

Al cabo de un rato volvió a advertir con voz más grave.

Kis idő múlva ismét figyelmeztetett, mélyebb hangon.

Pero ahora la hermana llamó a la puerta del otro lado.

De a másik oldali ajtón most a nővér kopogott.

"¿Gregor? ¿No te encuentras bien?", preguntó en voz baja.

„Gregor? Rosszul vagy?" – kérdezte halkan.

"¿Necesitas algo?" preguntó preocupada.

– Szükséged van valamire? – kérdezte aggódva.

Gregor respondió a ambas partes: "Ya he terminado".

Gregor mindkét félnek így válaszolt: „Már végeztem."

Había hecho todo lo posible para pronunciar todas las palabras con cuidado.

Minden tőle telhetőt megtett, hogy minden szót gondosan ejtsen ki.

Y eliminó todo lo que era llamativo en su voz.

És mindent elűzött a hangjából, ami feltűnő volt.

El padre también parecía satisfecho con la respuesta.

Az apa is elégedettnek tűnt a válasszal.
Y regresó a su desayuno inacabado.
És visszatért a befejezetlen reggelijéhez.
Pero la hermana susurró: "Gregor, ábreme, te lo ruego".
De a nővér suttogta: „Gregor, kérlek, nyisd ki."
Pero su preocupación por él no podía conmoverlo de ninguna manera.
De a nő aggodalma semmiképpen sem tudta megindítani.
Gregor no tenía intención de abrirle la puerta.
Gregornak esze ágában sem volt ajtót nyitni neki.
Había adquirido algunos hábitos de cautela al viajar.
Az utazás során némi óvatosságra tett szert.
Y se alababa a sí mismo por haber cerrado las puertas.
És dicsérte magát, amiért bezárta az ajtókat.
Primero quiso levantarse tranquilamente y a su propio ritmo.
Először csendben akart felkelni, a maga idejében.
Y sin que nadie le molestara quiso vestirse.
És anélkül, hogy zavarták volna, fel akart öltözni.
Una vez logrado esto, quiso entonces desayunar.
Miután ezzel végzett, reggelizni akart.
Sólo entonces quiso reflexionar más sobre la situación.
Csak ezután akarta jobban átgondolni a helyzetet.
Sabía que no tenía sentido hacer planes en la cama.
Tudta, hogy nincs értelme terveket szőni az ágyban.
Sería imposible llegar a una conclusión sensata.
Ésszerű következtetésre jutni lehetetlen lenne.
Había habido otras ocasiones en las que se despertó con dolores leves.
Máskor is előfordult már, hogy enyhe fájdalmakkal ébredt fel.
Estos dolores siempre resultaban ser pura imaginación.
Ezek a fájdalmak mindig puszta képzelgésnek bizonyultak.
Al levantarme de la cama el dolor invariablemente desaparecía.
Amikor kikeltem az ágyból, a fájdalom mindig elmúlt.
Tenía curiosidad por ver qué pasaría con esas ideas.
Kíváncsi volt, mi lesz ezekkel az ötletekkel.

El cambio en su voz probablemente se debió sólo a un resfriado.

A hangjában bekövetkezett változás valószínűleg csak egy megfázástól volt.

Los resfriados son simplemente un riesgo laboral para los viajeros.

A megfázás csak foglalkozási ártalom az utazók számára.

No tenía ninguna duda de que ésa era la explicación lógica.

Nem kételkedett benne, hogy ez a logikus magyarázat.

Logró quitarse la manta de encima con facilidad.

Könnyedén sikerült leemelnie magáról a takarót.

Lo único que tenía que hacer era inhalar e inflarse.

Csak annyit kellett tennie, hogy beszívja a levegőt és felfújja magát.

La manta se deslizó de su cuerpo y cayó al suelo.

A takaró lecsúszott a testéről, és a padlóra hullott.

Su cuerpo increíblemente ancho dificultaba otras cosas.

Hihetetlenül széles teste más dolgokat is megnehezített.

Habría necesitado brazos y manos para ponerse de pie.

Karokra és kezekre lett volna szüksége a felálláshoz.

Pero ya no tenía las extremidades que solía tener.

De már nem voltak olyan végtagjai, mint régen.

En lugar de brazos y manos tenía muchas piernas pequeñas.

Karok és kezek helyett sok apró lába volt.

Y sus piernas se movían constantemente, sin su control.

És a lábai folyamatosan mozogtak, önkéntelenül.

Intentó doblar una pierna, pero en lugar de eso se estiró.

Megpróbálta behajlítani az egyik lábát, de az ehelyett megnyúlt.

Finalmente logró controlar una pierna.

Végül sikerült az egyik lábát az irányítása alá vonnia.

Pero luego se liberó el movimiento de las otras piernas.

De aztán a többi láb mozgása is felszabadult.

Y todas sus piernas se crisparon de extrema excitación.

És minden lába megrándult a rendkívüli izgalomtól.

Primero quería sacar la parte inferior de su cuerpo de la cama.

Először is ki akarta venni az alsótestét az ágyból.

Pero en realidad aún no había visto la parte inferior de su cuerpo.

De az alsótestét még nem látta valójában.

Y, de todas formas, resultó demasiado difícil mover esta pieza.

És ennek a résznek a mozgatása amúgy is túl nehéznek bizonyult.

Finalmente, con todas sus fuerzas, realizó un movimiento salvaje.

Végül minden erejét összeszedve egyetlen vad mozdulatot tett.

Sin más vacilación, avanzó.

További habozás nélkül előrelépett.

Pero había elegido la dirección equivocada.

De rossz irányt választott a továbblépéshez.

Golpeó violentamente su cuerpo contra el poste inferior de la cama.

Hevesen az ágy alsó oszlopához ütötte a testét.

El dolor ardiente que sintió le enseñó una valiosa lección.

Az égő fájdalom, amit érzett, értékes leckét tanított neki.

La parte inferior de su cuerpo era quizás más sensible.

Talán az alsó testrésze volt érzékenyebb.

Entonces intentó sacar primero la parte superior del cuerpo de la cama.

Így hát először a felsőtestét próbálta meg kimászni az ágyból.

Giró cuidadosamente la cabeza en la dirección correcta.

Óvatosan a megfelelő irányba fordította a fejét.

Y pronto su cabeza estaba mirando hacia el borde de la cama.

És hamarosan a feje az ágy szélének fordult.

Este movimiento cauteloso en realidad fue fácil para él.

Ez az óvatos mozdulat valójában könnyű volt számára.

Y su anchura y peso no detuvieron su movimiento.

És a szélessége és a súlya sem akadályozta meg a mozgását.

La masa de su cuerpo siguió lentamente el giro de la cabeza.

Testének tömege lassan követte a fej fordulatát.

Pero luego sostuvo su cabeza sobre el borde de la cama.

De aztán leemelte a fejét az ágy széléről.

Y se enfrentó a un nuevo miedo en el que aún no había pensado.

És egy új félelemmel nézett szembe, amire eddig nem is gondolt.

Avanzar más por este camino podría ser peligroso.

Az ilyen módon történő további előrelépés veszélyes lehet.

Había pensado que simplemente se dejaría caer.

Azt hitte, hagyja magát elesni.

Pero sería un milagro si no se lesionara la cabeza.

De csoda lenne, ha nem sérülne meg a feje.

Ahora no era el momento de arriesgarse a perder el conocimiento.

Most nem volt alkalmas idő az eszméletvesztés kockáztatására.

Quizás sería mejor quedarse en la cama después de todo.

Talán jobb lenne mégis ágyban maradni.

Pero luego tuvo que hacer el mismo esfuerzo para regresar.

De aztán ugyanilyen erőfeszítéseket kellett tennie, hogy visszajusson.

Después de todo ese esfuerzo él estaba tendido allí igual que antes.

Minden erőfeszítés után ugyanúgy feküdt ott, mint azelőtt.

Y ahora sus piernas parecían incluso más enojadas que antes.

És most a lábai még dühösebbnek tűntek, mint azelőtt.

Los movimientos de sus piernas se habían vuelto aún más incontrolables.

A lábai mozgása még irányíthatatlanabbá vált.

No veía manera de salir de la situación en la que se encontraba.

Nem látott kiutat a helyzetből, amibe került.

De este caos no fue posible sacar la paz ni el orden.

Ebből a káoszból nem lehetett békét és rendet teremteni.

Pero sabía que quedarse en la cama tampoco era una opción.

De tudta, hogy az ágyban maradás sem opció.

Sacrificarlo todo era la opción más sensata.

Mindent feláldozni volt a legértelmesebb megoldás.
Se aferró a la más mínima esperanza de levantarse de la cama.
A legkisebb reményhez is ragaszkodott, hogy kikelhet az ágyból.
Si lo hubiera conseguido, todo riesgo habría valido la pena.
Ha ezt sikerült volna neki, minden kockázat megérte volna.
Pero al mismo tiempo también recordó algo más.
De ugyanakkor eszébe jutott még valami más is.
"Mejores que decisiones desesperadas son reflexiones tranquilas."
"A kétségbeesett döntéseknél jobbak a nyugodt elmélkedések."
Con todo su esfuerzo centró su mirada en la ventana.
Minden erejével az ablakra szegezte a tekintetét.
Pero lo que vio le trajo poca confianza y alegría.
De amit látott, kevés önbizalmat és vidámságot keltett benne.
La niebla de la mañana cubría toda la estrecha calle.
A reggeli köd beborította az egész keskeny utcát.
El despertador volvió a sonar; ahora eran las siete.
Az ébresztőóra újra megszólalt; most hét óra volt.
"Ya son las siete y todavía hay mucha niebla."
„Már hét óra van, és még mindig olyan köd van."
Durante un rato permaneció en silencio, respirando débilmente.
Egy ideig csendben feküdt, csak gyengén lélegzett.
Quizás un poco de quietud traería algo de normalidad.
Talán egy kis csend normalitást hozna.
Un silencio absoluto podría provocar las condiciones reales.
A teljes csend előidézheti a valódi körülményeket.
Pero antes de que el reloj volviera a sonar, rompió el silencio.
De mielőtt újra ütött volna az óra, megtörte a csendet.
"Antes de que el reloj vuelva a sonar, debo levantarme de la cama."
"Mielőtt újra üt az óra, ki kell kelnem az ágyból."
"Para entonces tengo que estar totalmente fuera de la cama."
„Addigra már teljesen ki kell kelnem az ágyból."

"Después de las siete y cuarto la oficina enviará a alguien."
"Negyed nyolc után az iroda küld valakit."
"Porque la oficina abrió antes de las siete."
– Mert az iroda már hét óra előtt kinyitott.
Y ahora empezó a balancear su cuerpo fuera de la cama.
És most elkezdte kikászálódni az ágyból.
Había abandonado el centrarse en la parte superior o
inferior de su cuerpo.
Felhagyott azzal, hogy a felső- vagy alsótestére koncentráljon.
Todo el largo de su cuerpo tuvo que salir de la cama.
Teljes testének hosszával el kellett hagynia az ágyat.
Caer de esa manera debería proteger su cabeza, pensó.
Ha így esne, az védené a fejét, gondolta.
Había planeado levantar la cabeza cuando cayera al suelo.
Azt tervezte, hogy felemeli a fejét, amikor földet ér.
La parte posterior de su cuerpo parecía lo suficientemente
dura para el impacto.
Teste hátulja elég keménynek tűnt az ütéshez.
Y la alfombra estaba allí para suavizar el aterrizaje.
És a szőnyeg azért volt ott, hogy tompítsa a landolást.
Sin embargo, su mayor preocupación era el fuerte ruido.
Legnagyobb aggodalma azonban a hangos zaj volt.
El ruido estrepitoso asustaría a todos en la casa.
A csattanó hang mindenkit megijesztene a házban.
Quizás no les daría miedo el ruido fuerte.
Talán nem ijednének meg a hangos zajtól.
Pero seguramente se preocuparían si oyeran eso.
De biztosan aggódnának, ha meghallanák.
Pero había que correr el riesgo de llamar la atención.
De a figyelemfelkeltés kockázatát vállalni kellett.
El nuevo método era más un juego que un esfuerzo.
Az új módszer inkább játék volt, mint erőfeszítés.
Tuvo que balancear su cuerpo con movimientos bruscos y
espasmódicos.
Hirtelen és rángatózó mozdulatokkal kellett ringatnia a testét.
Gregor ya estaba medio levantado de la cama.
Gregor már félig kikelt az ágyból.

Ahora se le ocurrió una idea nueva.
Most hirtelen egy új gondolat jutott eszébe.
"Todo sería tan fácil si alguien viniera en mi ayuda."
„Minden olyan könnyű lenne, ha valaki a segítségemre
sietne."
"Dos personas fuertes serían suficientes."
„Két erős ember teljesen elég lenne."
Su padre y la criada serían lo suficientemente fuertes.
Az apja és a szobalány elég erősek lesznek.
Sólo tendrían que deslizar los brazos bajo su espalda.
Csak a háta alá kellene csúsztatniuk a karjukat.
Y luego pudieron sacarlo fácilmente de la cama.
És akkor könnyen kihúzhatták volna az ágyból.
Quizás habrían tenido que bajarle el peso poco a poco.
Talán lassan kellett volna csökkenteniük a súlyát.
**Ojalá entonces las piernas hubieran encontrado su
propósito.**
Remélhetőleg akkor a lábak megtalálták volna a céljukat.
¿No sería mejor después de todo pedir ayuda?
„Nem lenne jobb mégis segítséget hívni?"
El problema, por supuesto, era que había cerrado las puertas.
A probléma persze az volt, hogy bezárta az ajtókat.
Había algo en ese pensamiento que le hacía cosquillas.
Volt valami a gondolatban, ami csiklandozta.
**Y a pesar de sus dificultades, no pudo evitar esbozar una
sonrisa.**
És a nehézségei ellenére sem tudta elfojtani a mosolyát.
Ya estaba cerca de perder el equilibrio.
Már most is közel állt ahhoz, hogy elvesztse az egyensúlyát.
Cada movimiento lo acercaba más a caerse de la cama.
Minden egyes lengés közelebb vitte ahhoz, hogy felboruljon
az ágyról.
Pronto tendría que tomar la decisión final.
Hamarosan meg kellett hoznia a végső döntést.
En cinco minutos serían las siete y cuarto.
Öt perc múlva negyed nyolc lett.
Mientras pensaba estos pensamientos, sonó el timbre.

Miközben ezeket a gondolatokat járta a fejében, megszólalt a csengő.

"Es alguien de la oficina", se dijo.

„Ez valaki az irodából" – mondta magában.

Y casi se quedó paralizado de miedo ante la visita.

És majdnem megdermedt a félelemtől a látogató miatt.

Sus piernas bailaron aún más salvajemente que antes.

A lábai még vadul táncoltak, mint azelőtt bármikor.

Pero luego, por un momento, todo quedó en silencio.

De aztán egy pillanatra minden csendes maradt.

"No abrirán la puerta", se dijo Gregor.

„Nem fogják kinyitni az ajtót" – mondta magában Gregor.

Todavía estaba atrapado en una esperanza sin sentido.

Még mindig valami értelmetlen remény fogta el.

Pero luego, por supuesto, la criada se dirigió a la puerta.

De aztán persze a szobalány az ajtóhoz lépett.

Y como siempre, le abrió la puerta al visitante.

És mint mindig, kinyitotta az ajtót a látogatónak.

A Gregor le bastó con oír el primer saludo del visitante.

Gregornak csak a látogató első üdvözlését kellett hallania.

Pudo saber inmediatamente quién había venido a buscarlo.

Rögtön meg tudta mondani, ki jött érte.

El propio jefe de oficina había venido a ver cómo estaba Samsa.

Maga a főhivatalnok jött, hogy érdeklődjön Samsa felől.

¿Por qué Gregor fue el único condenado a este destino?

Miért volt Gregor az egyetlen, akit erre a sorsra ítéltek?

¿Por qué sólo él tuvo que servir en tal organización?

Miért csak neki kellett egy ilyen szervezetben szolgálnia?

El más mínimo descuido despertaba inmediatamente sospechas.

A legkisebb figyelmetlenség azonnal gyanút keltett.

¿Todos los empleados que trabajaban allí eran unos sinvergüenzas?

Minden ott dolgozó alkalmazott gazember volt?

¿No había entre ellos ninguna persona fiel y devota?

Nem volt közöttük hűséges és odaadó ember?

¿No podrían haber enviado simplemente un aprendiz?
Nem küldhettek volna egyszerűen egy tanoncot?
¿Era realmente necesario todo este cuestionamiento?
Egyáltalán szükséges volt ez az egész kérdezősködés?
¿El representante autorizado tenía que venir personalmente?
Magának a meghatalmazott képviselőnek kellett eljönnie?
¿Había que informar a toda la familia inocente?
Vajon az egész ártatlan családot tájékoztatni kellett?
Todas estas consideraciones impulsaron a Gregor a actuar.
Mindezek a megfontolások cselekvésre késztették Gregort.
Se levantó de la cama con todas sus fuerzas.
Teljes erejéből kiugrott az ágyból.
Se escuchó un fuerte estallido, pero no era realmente un ruido.
Hangos csattanás hallatszott, de igazából nem is zaj volt.
La caída había sido ligeramente suavizada por la alfombra.
A szőnyeg kissé tompította az esést.
Su espalda era más elástica de lo que Gregor había pensado.
A háta rugalmasabb volt, mint Gregor gondolta.
Así que el sonido era más apagado y no tan perceptible.
Így a hang tompább volt, és nem annyira feltűnő.
Pero no había cuidado su cabeza durante la caída.
De az esés során nem vigyázott a fejére.
Y cuando golpeó el suelo también se golpeó la cabeza.
És amikor a földre esett, a fejét is beütötte.
Se frotó la cabeza contra la alfombra con rabia y dolor.
Dühében és fájdalmában a szőnyegbe dörzsölte a fejét.
Pero el gerente de la habitación de al lado escuchó el ruido.
De a szomszédos szobában lakó menedzser hallotta a zajt.
"Algo cayó allí", observó correctamente.
„Valami beleesett” – jegyezte meg helyesen.
Gregor intentó imaginarse al gerente en su situación.
Gregor megpróbálta elképzelni a menedzsert a helyzetében.
"¿Podría pasarle lo mismo a él?" se preguntó.
„Vele is megtörténhetne ugyanez?” – tűnődött.
Aceptó que este extraño acontecimiento pudiera ser posible.
Elfogadta, hogy ez a különös esemény lehetséges.

Y entonces el jefe de oficina dio unos pasos hacia la habitación.

És akkor a főjegyző néhány lépést tett a szoba felé.

Fue casi una respuesta burda a la pregunta que hizo.

Ez szinte nyers válasz volt a kérdésére, amit feltett.

Sus botas de cuero crujieron cuando se acercó a la puerta.

Bőrcsizmája nyikorgott, ahogy az ajtóhoz közeledett.

Desde la habitación de su derecha su criada le susurró:

A jobb oldali szobából a szobalánya súgta oda neki:

Gregor, el representante autorizado está aquí.

„Gregor, a meghatalmazott képviselő itt van."

—Lo sé —dijo Gregor, pero sólo en voz baja, para sí mismo.

– Tudom – mondta Gregor, de csak halkan magában.

No se atrevió a levantar la voz por encima de un susurro.

Nem merte suttogásnál hangosabban beszélni.

Porque Gregor no quería que su hermana lo oyera.

Mert Gregor nem akarta, hogy a húga hallja.

—Gregor —dijo el padre desde la habitación de la izquierda.

– Gregor – mondta az apa a bal oldali szobából.

"El gerente ha venido a comprobar cuál es el problema".

– Az igazgató eljött megnézni, mi a probléma.

"Él te preguntó por qué no saliste en el tren temprano."

„Megkérdezte, miért nem a korai vonattal mentél el."

"No sabemos qué decirle", dijo el padre.

– Nem tudjuk, mit mondjunk neki – mondta az apa.

"Por cierto, también quiere hablar contigo personalmente."

– Egyébként személyesen is szeretne beszélni veled.

"Por favor, abre la puerta para que pueda hablar contigo."

– Kérlek, nyisd ki az ajtót, hogy beszélhessen veled.

"Tendrá la amabilidad de disculpar el desorden en la habitación".

„Lesz olyan kedves, és elnézést kér a rendetlenségért a szobában."

"Buenos días, señor Samsa", le saludó el gerente.

– Jó reggelt, Samsa úr! – szólt oda neki az igazgató.

Y ciertamente le habló de manera amistosa.

És kétségtelenül barátságosan beszélt vele.

"No está bien", le dijo la madre al gerente.
– Nincs jól – mondta az anya az igazgatónak.
"No se encuentra bien en absoluto, créame, querido gerente."
„Egyáltalán nincs jól, higgye el, kedves igazgató úr."
¿Por qué si no, Gregor perdería el tren de la mañana?
„Miért másért késte volna le Gregor a reggeli vonatot?"
"El chico no tiene nada en la cabeza excepto el negocio."
„A fiúnak semmi más nem jár a fejében, csak az üzlet."
"Casi me molesta que no haga nada más".
„Szinte idegesít, hogy semmi mást nem csinál."
"Me gustaría que saliera por las noches a tomar aire fresco".
„Bárcsak esténként kiment volna a friss levegőre."
"Estuvo en la ciudad ocho días por negocios."
„Nyolc napig volt a városban üzleti ügyben."
"Pero él estaba en casa todas esas noches"
„De aztán minden ilyen estén otthon volt."
"Se sienta en nuestra mesa y lee el periódico".
„Az asztalunknál ül és újságot olvas."
"En otras ocasiones, estudia los horarios de los trenes."
„Máskor a vonatok menetrendjét tanulmányozza."
"A veces se mantiene ocupado con la carpintería".
„Néha azért lefoglalja magát ácsmunkával."
"Por ejemplo, talló un pequeño marco de madera para cuadros".
„Például kifaragott egy kis fából készült képkeretet."
"Estuvo ocupado con la sierra durante dos o tres tardes".
„Két vagy három estén át a fűrésszel volt elfoglalva."
"Te sorprenderá lo bonito que es el marco de fotos".
"Meg fogsz lepődni, milyen szép a képkeret."
"Ha colgado el marco de fotos en su habitación."
"Felakasztotta a képkeretet a szobájában."
"Cuando abra la puerta veréis su carpintería."
„Amikor kinyitja az ajtót, meglátja a famunkáit."
"Por cierto, me alegro de que esté aquí, señor Prokurist".
„Egyébként örülök, hogy itt van, Prokurist úr."
"Solos no habríamos podido lograr que Gregor abriera la puerta."

„Egyedül nem tudtuk volna Gregort rávenni, hogy kinyissa az ajtót."

"Es muy terco", le confesó su madre al empleado.

– Olyan makacs – vallotta be az anyja a hivatalnoknak.

"Ciertamente está enfermo, aunque antes lo negó".

– Biztosan rosszul van, bár korábban tagadta.

"Estaré allí enseguida", dijo Gregor lentamente y con cuidado.

– Mindjárt ott vagyok – mondta Gregor lassan és óvatosan.

Pero no hizo ningún movimiento hacia la puerta de la habitación.

De nem tett mozdulatot a szoba ajtaja felé.

No quería perderse ni una palabra de la conversación.

Nem akart egyetlen szót sem elveszíteni a beszélgetésből.

El secretario jefe estuvo de acuerdo con la evaluación de la madre.

A főjegyző egyetértett az anya értékelésével.

-Tampoco puedo explicarlo de otra manera, señora.

– Én sem tudom másképp megmagyarázni, asszonyom.

"Esperemos que no tenga ninguna enfermedad grave", dijo.

„Reméljük mindannyian, hogy nincs komolyabb betegsége" – mondta.

"Por otro lado, es un peligro en nuestra industria".

„Másrészt viszont veszélyt jelent az iparágunkban."

"Nosotros, los empresarios, a menudo tenemos que superar el malestar."

„Nekünk, üzletembereknek, gyakran le kell küzdenünk a kellemetlenségeket."

"Los profesionales simplemente tienen que aguantar los dolores leves".

„A profiknak csak kisebb nehézségeken kell keresztülmenniük."

Mientras tanto su padre volvió a llamar a la otra puerta.

Közben az apja ismét kopogott a másik ajtón.

"¿Puede entrar ahora el jefe de oficina?" quiso saber.

„Bejöhet most a főjegyző?" – kérdezte.

"No, no puede", respondió Gregor a la pregunta de su padre.

– Nem, nem teheti – felelte Gregor apja kérdésére.

Un silencio incómodo cayó en la habitación de la izquierda.

Kínos csend telepedett a bal oldali szobára.

En la habitación de la derecha la hermana comenzó a sollozar.

A jobb oldali szobában a nővér zokogni kezdett.

¿Por qué la hermana no se había ido a estar con los demás?

Miért nem ment el a nővér a többiekhez?

Probablemente acababa de levantarse de la cama, pensó.

Valószínűleg most kelt ki az ágyból, gondolta.

Es posible que ni siquiera haya empezado a vestirse todavía.

Lehet, hogy még el sem kezdett öltözködni.

Pero Gregor no podía entender por qué ella lloraba.

De Gregor nem értette, miért sír.

¿Fue porque no se levantó y dejó entrar al gerente?

Azért volt, mert nem kelt fel és nem engedte be a menedzsert?

¿Fue porque estaba en peligro de perder su trabajo?

Azért, mert veszélyben volt, hogy elveszíti az állását?

¿Podría el jefe venir a buscar a los padres como antes?

Lehet, hogy a főnök a szülők után jön, mint korábban?

¿Iba a volver a hacerles las mismas exigencias de siempre?

Vajon újra a régi követeléseit fogja felhozni velük szemben?

Estas cosas probablemente no hacían que hubiera que preocuparse.

Ezek miatt valószínűleg nem kellett volna aggódni.

Por el momento no tenía motivos para llorar.

Egyelőre nem volt oka sírni.

Gregor todavía estaba allí, manteniendo a la familia.

Gregor még mindig itt volt, és gondoskodott a családról.

Y nunca tuvo intención de abandonar a la familia.

És soha nem állt szándékában elhagyni a családot.

Por el momento, simplemente permaneció tendido sobre la alfombra.

Egyelőre csak feküdt ott a szőnyegen.

La familia desconocía la condición en la que se encontraba.

A család nem tudott arról, milyen állapotban van.

Si lo hubieran sabido no habrían animado a su jefe.

Ha tudták volna, nem biztatták volna a főnökét.

Ni siquiera habrían dejado entrar al gerente a la casa.

Még a vezetőt sem engedték volna be a házba.

No habría sido particularmente grosero rechazarlo.

Elfordítani őt nem lett volna különösebben udvariatlan.

Fácilmente podría haber encontrado una excusa adecuada más tarde.

Könnyen találhatott volna később megfelelő kifogást.

No era algo por lo que lo hubieran podido despedir.

Nem olyasmi volt, amiért kirúghatták volna.

Gregor pensó que ahora sería más sensato que lo dejaran solo.

Gregor úgy érezte, most már ésszerűbb lenne, ha békén hagynák.

Molestarlo con llantos y conversaciones no sirvió de mucho.

Sírással és beszéddel való zavarása nem sokat ért el.

Pero fue la incertidumbre lo que molestó a los demás.

De a többieket a bizonytalanság zavarta.

Y fue esta incertidumbre la que justificó su comportamiento.

És ez a bizonytalanság mentegette a viselkedésüket.

—¡Señor Samsa! —gritó el gerente en voz alta.

– Samsa úr! – kiáltotta felemelt hangon a menedzser.

"¿Qué te pasa?" quiso saber.

„Mi van veled?" – akarta tudni.

"Te has atrincherado en tu habitación."

– Elbarikádtad magad a szobádban.

"Solo puedes responder con un 'sí' o un 'no'."

"Csak egy 'igen'-nel vagy egy 'nem'-mel válaszolhatsz."

"Estás causando serias preocupaciones a tus padres."

„Komoly aggodalmat okozol a szüleidnek."

"No veo ninguna buena razón para preocuparlos".

„Nem látok okot, amiért aggódnál miattuk."

"Hay otra cosa más que mencionaré de paso."

– Van még valami, amit futólag megemlítek.

"También estás descuidando tus obligaciones comerciales hacia nosotros".

„A velünk szembeni üzleti kötelezettségeit is elhanyagolja."

"Esa irresponsabilidad está totalmente fuera de tu carácter".
„Ez a felelőtlenség teljesen nem jellemző rád."
"Hablo aquí en nombre de tus padres y de tu jefe".
„A szüleid és a főnököd nevében beszélek."
"Y os pido una explicación inmediata y clara."
– És azonnali és világos magyarázatot kérek.
"Todo esto realmente me sorprende, debo decir".
„Ez az egész dolog tényleg lenyűgöz, be kell vallanom."
"Pensé que te conocía como una persona tranquila y
razonable."
„Azt hittem, nyugodt és értelmes embernek ismerlek."
"Pero ahora nos estás mostrando un lado diferente de ti".
– De most egy másik oldaladat mutatod meg nekünk.
"De repente estás mostrando tus caprichos tan peculiares."
„Hirtelen megmutatod a nagyon különös szeszélyeidet."
"Pero podría haber una explicación para tu fracaso".
– De lehet, hogy van magyarázat a kudarcára.
"El jefe mencionó una deuda que usted había cobrado para
nosotros."
„A főnök említett egy adósságot, amit behajtottál nekünk."
"Le di al jefe mi palabra de honor en tu nombre".
– Becsületszavamat adtam a főnöknek a nevedben.
"Pero ahora veo tu incomprensible terquedad."
– De most látom a felfoghatatlan makacsságodat.
"Aún podría perder todo mi deseo de ayudarte."
„Lehet, hogy még mindig elveszítem minden vágyamat, hogy
segítsek neked."
"Su seguridad laboral no es en absoluto totalmente estable".
„A munkahelyed biztonsága korántsem teljesen stabil."
"Originalmente tenía la intención de contarte todo esto en
privado".
– Eredetileg négyszemközt akartam elmondani mindezt.
"Pero ahora veo que quieres que pierda mi tiempo aquí".
– De most látom, hogy azt akarod, hogy itt vesztegessem az
időmet.
"Así que no veo ninguna razón por la que tus padres no
deberían saberlo."

– Szóval nem látom okát, hogy a szüleid miért ne tudnának róla.

"Su desempeño reciente no ha sido satisfactorio."

„A legutóbbi teljesítményed nem volt kielégítő."

"Reconozco que las ventas son más lentas en esta época del año".

„Elismerem, hogy az évnek ebben az időszakában lassabbak az eladások."

"Pero no hay época del año en que no haya ventas".

„De nincs olyan időszak az évben, amikor ne lenne eladás."

Por un momento Gregor olvidó todo lo que le rodeaba.

Gregor egy pillanatra mindent elfelejtett maga körül.

—¡Pero señor Prokurist! —gritó Gregor desesperado.

– De hát Prokurist úr! – kiáltotta Gregor kétségbeesetten.

"Abriré la puerta enseguida, ahora mismo, no te preocupes."

– Rögtön kinyitom az ajtót, azonnal, ne aggódj.

"El problema es que me he estado sintiendo bastante mal."

– A probléma az, hogy elég rosszul érzem magam.

"Mi mareo me impidió llegar a la puerta."

„A szédülésem megakadályozott abban, hogy az ajtóig eljussak."

"Todavía estoy en cama, pero me siento mucho mejor."

– Még mindig az ágyban fekszem, de sokkal jobban érzem magam.

"Un momento por favor, me estoy levantando de la cama."

– Egy pillanat, kérem, épp most kelek ki az ágyból.

"Un momento de paciencia es todo lo que pido, señor Prokurist."

„Csak egy pillanatnyi türelmet kérek, Prokurist úr."

"No va tan bien como pensaba, pero estaré bien".

– Nem úgy alakulnak a dolgok, ahogy gondoltam, de minden rendben lesz.

"¿Cómo puede sucederle algo así a una persona tan rápidamente?"

„Hogy történhet ilyen dolog valakivel ilyen gyorsan?"

"Me sentí bien anoche, mis padres lo saben."

„Jól éreztem magam tegnap este, a szüleim tudják ezt."

"Pero quizá ya tuve una pequeña premonición entonces."

– De lehet, hogy már akkor is volt egy kis előérzetem.

"Quizás te preguntes por qué no lo reporté en la oficina".

„Megkérdezheted, miért nem jelentettem az irodában.”

"Pensé que me sentiría mucho mejor por la mañana".

„Azt hittem, reggelre megint sokkal jobban leszek.”

"Uno siempre piensa que para entonces ya habrá superado la enfermedad."

„Az ember mindig azt hiszi, hogy addigra legyőzi a betegséget.”

"¡Pero por favor! ¡Libera a mis padres de estas acusaciones!"

"De kérlek! Kíméld meg a szüleimet ezektől a vádaktól!"

"No me han dicho ni una palabra de lo que me contaste."

– Egy szót sem szóltak nekem arról, amit mondtál.

"Puede que no hayas leído las últimas órdenes que envié".

„Lehet, hogy nem olvastad az utolsó kiküldött parancsaimat.”

"Por cierto, no tienes que preocuparte por mí hoy."

– Egyébként ma nem kell aggódnod miattam.

"Aun así voy a tomar el tren de las ocho."

„Én akkor is a nyolcórás vonattal megyek.”

"Las pocas horas de descanso me han fortalecido bastante".

„A pár óra pihenés kellően megerősített.”

"Realmente no hay necesidad de esperar, gerente."

– Tényleg nem kell várnia, igazgató úr.

"Yo también estaré en la oficina muy pronto."

„Én is hamarosan az irodában leszek.”

"Y por favor, ten la amabilidad de decirme algo bueno".

„És kérlek, légy olyan kedves, és szólj egy jó szót értem.”

Gregor había pronunciado su explicación con bastante precipitación.

Gregor elég elhamarkodottan adta elő a magyarázatát.

Apenas sabía lo que realmente estaba tratando de decir.

Alig tudta, mit is akar valójában mondani.

Se acercó a la caja y trató de usarla para ponerse de pie.

Odament a dobozhoz, és megpróbált azzal felállni.

Realmente tenía toda la intención de abrir la puerta.

Tényleg minden szándéka megvolt, hogy kinyissa az ajtót.

Quería ser visto por el representante autorizado.
Azt szerette volna, ha a meghatalmazott képviselő látja.
Y quería resolver el problema con él personalmente.
És személyesen akarta vele megoldani a problémát.
Estaba ansioso por saber cómo reaccionarían los demás ante él.
Izgatottan várta, hogy a többiek hogyan reagálnak majd rá.
Ya deben estar ansiosos por ver cómo está.
Mostanra már biztosan ők is alig várják, hogy lássák, hogy van.
Había dos formas posibles en las que podían reaccionar ante él.
Kétféleképpen reagálhattak rá.
Una posibilidad era que estuvieran asustados.
Az egyik lehetőség az volt, hogy megijednek.
Si estaban asustados entonces él no tenía ninguna responsabilidad.
Ha féltek, akkor nem volt felelőssége.
Y entonces no tendría que preocuparse por la situación.
És akkor nem kellene aggódnia a helyzet miatt.
Pero también había otra posibilidad en la que pensar.
De volt egy másik lehetőség is, amin érdemes volt elgondolkodni.
Quizás aceptarían con calma su forma de ser.
Talán nyugodtan elfogadnák olyannak, amilyen.
Entonces Gregor tampoco tendría motivos para enojarse.
Akkor Gregornak sem lenne oka felháborodni.
Todavía habría tiempo suficiente para coger el tren.
Még lenne elég idő a vonatra.
Sin embargo, mantenerse en pie no fue una tarea fácil.
Azonban a felegyenesedés korántsem volt könnyű feladat.
En sus primeros intentos se resbaló de la caja.
Az első néhány próbálkozásra lecsúszott a dobozról.
La caja era demasiado lisa para que él pudiera apoyarse contra ella.
A doboz túl sima volt ahhoz, hogy megálljon mellette.
Y finalmente se dio un último empujón para ponerse de pie.

És végül még egy utolsó lökést adott magának, hogy felálljon.
Ya no le prestó más atención al dolor en su abdomen.
Nem figyelt többé a hasában érzett fájdalomra.
No importaba cuánto dolor sintiera, él lo superaría.
Nem számított, mennyire fájt, túl fog vészelni rajta.
Se dejó caer contra el respaldo de una silla cercana.
Hagyta, hogy egy közeli szék támlájára essen.
Y se agarró a los bordes con sus pequeñas piernas.
És a kis lábaival kapaszkodott a szélekbe.
En ese momento ya tenía más control de sí mismo.
Ezen a ponton már jobban uralta magát.
Y su caída fue más silenciosa que la anterior.
És az esése csendesebb volt, mint az előző.
Porque tenía que escuchar lo que decía el gerente.
Mert hallgatnia kellett arra, amit a vezető mond.
¿Entendieron algo de eso?, preguntó a los padres.
„Értettek ebből valamit?" – kérdezte a szülőktől.
"No se burlaría de nosotros, ¿verdad?"
„Ugye nem csinálna belőlünk bolondot?"
—¡Por Dios! —gritó la madre, ya llorando.
– Az isten szerelmére! – kiáltotta az anya, már sírva.
**"Puede que esté gravemente enfermo y lo estamos
atormentando".**
„Lehet, hogy súlyosan beteg, és mi gyötörjük."
"¡Grete! ¡Grete!", le gritó a la hija.
„Grete! Grete!" – kiáltotta a lánynak.
"¿Mamá?" llamó la hermana desde el otro lado.
„Anya?" – kiáltotta a nővér a túloldalról.
Luego se comunicaron a través de la habitación de Gregor.
Aztán Gregor szobáján keresztül kommunikáltak.
Gregor está muy enfermo y necesita medicamentos.
„Gregor nagyon beteg, és gyógyszerre van szüksége."
"Tendrás que ir al médico inmediatamente."
„Azonnal orvoshoz kell mennie."
¿Escuchaste cómo habló Gregor hace un momento?
„Hallottad, ahogy Gregor az előbb beszélt?"
"Esa era la voz de un animal", dijo el gerente.

– Ez egy állat hangja volt – mondta az igazgató.

Sus palabras eran silenciosas comparadas con los gritos de la madre.

Szavai halkak voltak az anya sikolyaihoz képest.

—¡Anna! ¡Anna! —llamó el padre desde la antesala.

„Anna! Anna!" – kiáltotta az apa az előszobából.

Y aplaudió para llamar su atención.

És tapsolt, hogy felhívja magára a figyelmüket.

"¡Llama a un cerrajero inmediatamente!" le ordenó a la criada.

„Azonnal hívjatok lakatost!" – parancsolta a szobalánynak.

Las muchachas, con sus faldas, corrían por la antesala.

A lányok szoknyájukban átfutottak az előszobán.

Y sus faldas crujieron mientras corrían frente a su habitación.

És szoknyájuk susogott, ahogy elszaladtak a szobája mellett.

"¿Cómo se vistió la hermana tan rápido?" pensó.

„Hogy öltözött fel ilyen gyorsan a húg?" – gondolta.

La puerta se abrió de golpe, pero no se cerró de golpe.

Az ajtót feltépték, de nem csapták be.

Esto es común en los hogares donde ocurre una gran desgracia.

Ez gyakori azokban az otthonokban, ahol nagy szerencsétlenség történik.

Pero todo esto había hecho que Gregor se volviera mucho más tranquilo.

De mindez sokkal nyugodtabbá tette Gregort.

Cuando escuchó sus propias palabras le parecieron claras.

Amikor meghallotta a saját szavait, azok világosnak tűntek számára.

De hecho, sintió que sus palabras habían sido más claras.

Sőt, úgy érezte, hogy szavai tisztábbak lettek.

Pero los demás ya no entendían lo que decía.

De a többiek már nem értették, mit mond.

Quizás ya se había acostumbrado a sus oídos.

Talán addigra már megszokta a fülét.

Pero al menos ahora entendían mejor su situación.

De legalább most már jobban megértették a helyzetét.
Se dieron cuenta de que realmente había algo mal con él.
Rájöttek, hogy tényleg valami nincs rendben vele.
Y ahora estaban haciendo todo lo que podían para ayudarlo.
És most mindent megtettek, hogy segítsenek neki.
Esto le dio a Gregor una sensación de confianza que le faltaba.
Ez egy hiányzó magabiztosságot adott Gregornak.
Y se sintió nuevamente mucho más seguro en la familia.
És sokkal biztonságosabban érezte magát újra a családban.
Se sintió incluido nuevamente en el círculo humano.
Úgy érezte, újra beilleszkedett az emberi körbe.
Ahora tenía que esperar que el cerrajero pudiera abrir la puerta.
Most már abban kellett reménykednie, hogy a lakatos ki tudja nyitni az ajtót.
Y esperaba que el médico pudiera realizar tales tareas.
És remélte, hogy az orvos el tudja végezni az ilyen feladatokat.
Pronto tendría que hablar más.
Hamarosan újra többet kell majd beszélnie.
Su voz tendría que ser lo más clara posible.
A hangjának a lehető legtisztábbnak kellett lennie.
Para prepararse para la reunión se aclaró la garganta.
A megbeszélésre felkészülve megköszörülte a torkát.
Sin embargo, hizo todo lo posible para toser muy silenciosamente.
Azonban mindent megtett, hogy csak nagyon halkan köhögjön.
El ruido podría haber sonado diferente a una tos humana.
A zaj talán másképp hangzott, mint egy emberi köhögés.
Sabía que ya no podía diferenciar esas cosas.
Tudta, hogy már nem tud különbséget tenni az ilyen dolgok között.
En la habitación contigua reinaba un silencio absoluto.
A szomszéd szobában teljesen elcsendesedett.
Los padres probablemente estaban sentados a la mesa.
A szülők valószínűleg az asztalnál ültek.

Quizás estaban susurrando con el gerente.

Lehet, hogy suttogtak a menedzserrel.

Quizás todos estaban apoyados en la puerta y escuchando.

Talán mindenki az ajtónak támaszkodva hallgatózott.

Gregor empujó lentamente la silla hacia la puerta.

Gregor lassan az ajtó felé tolta a széket.

Empujó la puerta y se mantuvo en pie.

Nekinyomta magát az ajtónak, és egyenesen tartotta magát.

Se enteró de que las almohadillas de sus pies tenían un poco de pegamento.

Megtudta, hogy a talppárnáin van egy kis ragasztó.

Y descansó allí un momento del esfuerzo.

És ott egy pillanatra megpihent a megerőltetéstől.

Después de descansar lo suficiente, comenzó con la siguiente tarea.

Miután eleget pihent, nekilátott a következő feladatnak.

Empezó a girar la llave en la cerradura con la boca.

Szájával elkezdte forgatni a kulcsot a zárban.

Desafortunadamente, parecía que no tenía dientes reales.

Sajnos úgy tűnt, hogy valójában nem voltak fogai.

¿Pero qué otra forma tenía de conseguir las llaves?

De milyen más módja volt a kulcsok ellopására?

Afortunadamente para él, sus mandíbulas eran, por supuesto, muy fuertes.

Szerencsére az állkapcsa természetesen nagyon erős volt.

Con la ayuda de sus mandíbulas realmente consiguió mover la llave.

Az állkapcsa segítségével tényleg megmozdította a kulcsot.

No tenía ninguna duda de que él también se estaba haciendo daño.

Nem kételkedett benne, hogy ezzel ő maga is ártott magának.

Porque de su boca salía un líquido marrón.

Mert barna folyadék folyt ki a szájából.

El líquido marrón fluyó sobre la llave y por la puerta.

A barna folyadék átfolyt a kulcson, majd lefolyt az ajtón.

Pero a Gregorio no le importaba hacerse daño a sí mismo.

De Gregort nem érdekelte, hogy ezzel kárt tesz magában.

"¿Puedes oír eso?" dijo el gerente en la habitación de al lado.

„Hallod ezt?" – kérdezte az igazgató a szomszéd szobában.

"Está girando la llave", había notado el gerente.

„Kulcsot fordít" – vette észre a menedzser.

Estas palabras fueron un gran estímulo para Gregor.

Ezek a szavak nagy bátorítást jelentettek Gregor számára.

Pero el padre y la madre también deberían haber gritado:

De az apának és anyának is fel kellett volna kiáltania:

«¡Bien, Gregor!», deberían haberle gritado.

„Jó, Gregor!" – kellett volna odakiáltaniuk neki.

"Sigue adelante, sigue girando esa llave, puedes lograrlo".

"Csak így tovább, csak fordítsd a kulcsot, meg tudod csinálni."

Pero Gregor tuvo que imaginarse su emoción.

De Gregornak ehelyett az izgalmukat kellett elképzelnie.

Apretó las mandíbulas con toda la fuerza que tenía.

Minden erejével összeszorította az állkapcsát.

Y continuó girando la llave en la cerradura.

És tovább forgatta a kulcsot a zárban.

Dolorosamente su cuerpo se retorció en un círculo.

Fájdalmasan tekergett a teste egy kört leírva.

Ahora se mantenía erguido únicamente con la boca.

Most már csak a szája segítségével tartotta magát egyenesen.

Para seguir girando la llave presionó contra la puerta.

Hogy tovább tekergesse a kulcsot, az ajtóhoz nyomta.

Finalmente el chasquido de la cerradura despertó de nuevo a Gregor.

Végül a zár kattanása ismét felébresztette Gregort.

"Así que no necesité al cerrajero", suspiró aliviado.

– Szóval nem volt szükségem a lakatosra – sóhajtott fel megkönnyebbülten.

Ahora sólo faltaba abrir la puerta que había desbloqueado.

Most már csak ki kellett nyitnia az ajtót, amit kinyitott.

Y con la cabeza en el pomo abrió la puerta.

És a fejét a kilincsre téve kinyitotta az ajtót.

Estaba detrás de la puerta que daba a su habitación.

Az ajtó mögött volt, ami a szobájába nyílt.

Así que la puerta ya estaba abierta antes de que pudiera ser visto.

Tehát az ajtó már nyitva volt, mielőtt megláthatták volna.

A continuación tuvo que maniobrar para rodear la puerta.

Ezután magát az ajtót kellett megkerülnie.

Este difícil movimiento también requirió mucho esfuerzo.

Ez a nehéz mozdulat is sok erőfeszítést igényelt.

No quería caer torpemente en la habitación contigua.

Nem akart esetlenül átesni a szomszéd szobába.

Así que no tuvo tiempo de prestar atención a nada más.

Így nem volt ideje semmi másra figyelni.

Pero entonces oyó al jefe de oficina exclamar en voz alta: "¡Oh!".

De aztán hallotta, hogy a főjegyző hangosan felkiált: „Ó!"

Sonaba como si el viento corriera a través de la casa.

Úgy hangzott, mintha a szél végigsöpört volna a házban.

Resultó que él era el que estaba más cerca de la puerta.

Véletlenül ő állt a legközelebb az ajtóhoz.

Y al verlo, se llevó la mano a la boca.

És most, hogy meglátta, a szájához emelte a kezét.

Se movió lentamente hacia atrás, alejándose de Gregor.

Lassan hátrált, eltávolodva Gregortól.

Pero era como si una fuerza invisible actuara sobre él.

De mintha egy láthatatlan erő hatott volna rá.

Lo primero que hizo la madre fue mirar al padre.

Az anya első dolga az volt, hogy apára nézett.

A pesar de la presencia del gerente, su cabello estaba despeinado.

A menedzser jelenléte ellenére a haja kócos volt.

Desplegó los brazos y dio dos pasos hacia adelante.

Kitárta a karját, és két lépést tett előre.

Pero entonces se desplomó en medio de su falda.

De aztán a szoknyája közepén összeesett.

Su vestido se extendió a su alrededor en el suelo.

A ruhája szétterült körülötte a padlón.

Y su cabeza desapareció sobre sus propios pechos.

És a feje eltűnt a saját mellén.

El padre apretó el puño con expresión hostil.

Az apa ellenséges arckifejezéssel ökölbe szorította a kezét.

Parecía querer que Gregor fuera empujado de nuevo a su habitación.

Úgy tűnt, azt akarja, hogy Gregort visszatolják a szobájába.

Luego miró con incertidumbre alrededor de la sala de estar.

Aztán bizonytalanul körülnézett a nappaliban.

Y finalmente se cubrió los ojos entre las manos.

És végül a kezébe temette a szemét.

Y lloró amargamente hasta que su poderoso pecho se estremeció.

És keservesen sírt, míg hatalmas mellkasa remegni nem kezdett.

Gregor en realidad no entró en su habitación.

Gregor valójában be sem ment a szobájukba.

En lugar de eso, se apoyó contra el marco de la puerta.

Ehelyett az ajtófélfának támaszkodott.

Para los que estaban desde fuera solo era visible la mitad de su cuerpo.

A kint lévők számára csak testének fele volt látható.

Y encima de su cuerpo estaba su cabeza, inclinada hacia un lado.

És a teste tetején volt a feje, oldalra billentve.

Para entonces la luz se había vuelto mucho más brillante que antes.

Ekkorra a fény sokkal erősebb lett, mint korábban.

Ahora se podía ver claramente el otro lado de la calle.

Most már tisztán lehetett látni az utca másik oldalát.

Apareció una sección del interminable y gris hospital.

A végtelen, szürke kórház egy része feltárult.

La lluvia de la mañana aún no había parado del todo de caer.

A reggeli eső még nem állt el teljesen.

Pero ahora las gotas de lluvia eran más grandes y estaban más separadas.

De most az esőcseppek nagyobbak voltak, és távolabb voltak egymástól.

Los platos del desayuno estaban en abundancia en la mesa.

A reggeli ételek bőségesen voltak az asztalon.
El padre pensaba que el desayuno era la comida más importante.
Az apa a reggelit tartotta a legfontosabb étkezésnek.
El desayuno era una comida que se prolongaba durante horas.
A reggeli egy olyan étkezés volt, amit órákig húzott.
Y en esas horas leía los distintos periódicos.
És ezekben az órákban különféle újságokat olvasott.
Justo en la pared opuesta colgaba una fotografía de Gregor.
Közvetlenül a szemközti falon Gregor fényképe lógott.
La fotografía en la pared lo mostraba como teniente.
A falon lévő fényképen hadnagyként ábrázolták.
Era una fotografía de su época en el ejército.
Egy kép volt abból az időből, amikor a katonaságnál szolgált.
Su mano estaba sobre su espada y tenía una sonrisa despreocupada.
A kardján volt a keze, és gondtalan mosoly ült az arcán.
Su postura y su uniforme exigían cierto respeto.
Testtartása és egyenruhája bizonyos tiszteletet követelt.
La otra puerta que conducía a la antesala también estaba abierta.
A másik ajtó, ami az előszobába vezetett, szintén nyitva volt.
Y la puerta del apartamento todavía estaba abierta también.
És a lakás ajtaja még mindig nyitva volt.
Se podía ver hasta el patio delantero del apartamento.
Egészen a lakás előudvaráig ellátni lehetett.
Y luego las escaleras conducían a la calle de abajo.
És aztán a lépcső vezetett le az alatta lévő utcára.
Gregor fue el único que mantuvo la compostura.
Gregor volt az egyetlen, aki megőrizte a hidegvérét.
Él vio esto, por lo que la conversación era su responsabilidad.
Látta ezt, így a beszélgetés az ő felelőssége volt.
"Bueno, ahora me voy a vestir para ir a trabajar", dijo.
– Na, akkor most felöltözöm a munkába – mondta.

"Después de haber empaquetado las muestras textiles, me
iré."
"Miután becsomagoltam a textilmintákat, elmegyek."
"¿Aún tiene intención de dispararme, señor Prokurist?"
„Még mindig szándékában áll tüzet gyújtani, Prokurist úr?"
"Como puedes ver, no soy tan terco como pensabas."
– Mint látod, nem vagyok olyan makacs, mint hitted.
"Y puedes ver que después de todo me gusta trabajar".
– És láthatod, hogy végül is szeretek dolgozni.
"Puedo admitir que viajar por trabajo no es fácil".
„Bevallom, hogy a munka miatti utazás nem könnyű."
"Pero también puedo aceptar que es parte de mi trabajo".
„De azt is el tudom fogadni, hogy ez a munkám része."
"Gerente, ¿adónde va? ¿De vuelta a la oficina?"
„Főnök úr, hová megy? Vissza az irodába?"
"¿Informarás verazmente de todo lo que has visto?"
„Őszintén beszámolsz mindenről, amit láttál?"
"A veces sucede que uno no puede ir a trabajar."
– Előfordul, hogy az ember nem tud dolgozni menni.
"Este es el momento adecuado para recordar los logros
pasados".
„Itt az ideje felidézni a múlt sikereit."
"Después de eliminar la dificultad, uno trabaja aún mejor."
"A nehézség eltávolítása után még jobban fog működni az
ember."
"Mi diligencia y concentración aumentarán".
„A szorgalmam és a koncentrációm növekedni fog."
"Sabes muy bien que estoy en deuda con el jefe."
– Nagyon jól tudod, hogy adós vagyok a főnöknek.
"Pero también estoy preocupada por mis padres y mi
hermana".
„De aggódom a szüleimért és a nővéremért is."
"Estoy en una situación difícil, pero encontraré la manera de
salir de ella".
„Szűk helyzetben vagyok, de ki fogok törekedni belőle."
"No hagas esto más difícil de lo que ya es."
– Ne tedd ezt nehezebbé, mint amilyen már így is van.

"Como compañeros de trabajo también tenemos que ayudarnos unos a otros".

„Munkatársakként nekünk is segítenünk kell egymást."

"Sé que a los trabajadores de oficina no les gustan los viajeros".

„Tudom, hogy az irodai dolgozók nem szeretik az utazókat."

"¿Crees que ganamos una fortuna y llevamos una buena vida?"

„Azt hiszed, vagyonokat keresünk és jól élünk?"

"No tienen ningún motivo real para considerar sus prejuicios".

„Nincs igazi okuk arra, hogy figyelembe vegyék az előítéleteiket."

"Pero usted, oficial autorizado, tiene un papel diferente."

„De Önnek, felhatalmazott tisztviselőnek, más szerepe van."

"Tienes una mejor visión general que el resto del personal".

„Jobb rálátásod van a dolgokra, mint a többi alkalmazottnak."

"De hecho, creo que probablemente tengas la mejor visión general".

„Sőt, azt hiszem, neked van a legjobb áttekintésed."

"Tienes una visión mejor que el propio jefe".

„Jobb rálátásod van a dolgokra, mint magának a főnöknek."

"Admito que el jefe hace el trabajo empresarial".

„Elismerem, hogy a főnök valóban végzi a vállalkozói munkát."

"Pero es fácil que sus juicios sean erróneos."

„De könnyen félrevezethetőek az ítéletei."

"Y estos pequeños errores de juicio pueden ser en nuestro detrimento".

„És ezek az apró téves ítéletek a kárunkra válhatnak."

"Ya sabes lo fácil que es hablar del viajero."

„Tudod, milyen könnyű az utazóról beszélni."

"Él no está allí para defender su reputación de los chismes".

„Nem azért van ott, hogy megvédje a hírnevét a pletykáktól."

"Esas acusaciones pueden fácilmente ser meras coincidencias".

„Ezek a vádak könnyen lehetnek csak véletlenek."

"Muchas quejas ni siquiera tienen su base en ninguna verdad."

„Sok panasznak nincs semmilyen igazságalapja."

"Está fuera de la oficina casi todo el año."

„Szinte egész évben nincs az irodában."

¿Qué posibilidades tiene de defender su propia reputación?

„Milyen esélye van megvédeni a saját hírnevét?"

"Ni siquiera se entera de las acusaciones".

„Még csak hallani sem kell a vádakról."

"Se entera de lo que se ha dicho cuando ya es demasiado tarde."

„Akkor jön rá, hogy miről beszéltek, amikor már túl késő."

A estas alturas ya está exhausto por el viaje del día.

„Eddig már teljesen kimerül az egész napi utazástól."

"De todos modos, tendrá que experimentar las terribles consecuencias".

„Úgyis szembe kell néznie a szörnyű következményekkel."

"Aunque no tiene forma de entender el problema."

– Annak ellenére, hogy semmiképpen sem értheti a problémát.

"Oh, gerente, no se vaya sin decirme una palabra".

„Ó, igazgató úr, ne menjen el anélkül, hogy egy szót is szólna hozzám."

"Al menos dime que estás de acuerdo conmigo en parte."

– Legalább azt mondd, hogy részben egyetértesz velem.

Pero el manager se había alejado de Gregor mucho antes.

De a menedzser már jóval korábban elfordult Gregortól.

Su hombro se contrajo cuando volvió a mirar a Gregor.

Megrándult a válla, amikor visszanézett Gregorra.

Y no se quedó quieto ni un solo momento durante su discurso.

És a beszéd alatt egyszer sem állt meg egy helyben.

Él había mirado a Gregor con los labios fruncidos.

Összeszorított ajkakkal nézett vissza Gregorra.

Se había ido retirando gradualmente hacia la puerta.

Fokozatosan hátrált az ajtó felé.

Pero tampoco podía apartar la mirada de Gregor.

De a tekintetét sem tudta levenni Gregorról.

Sintió como si hubiera una prohibición secreta de salir de la habitación.
Úgy érezte, mintha titkos tilalom lenne érvényben a szoba elhagyására.
Pero a estas alturas ya estaba en el vestíbulo de entrada.
De ebben a pillanatban már a bejárati csarnokban volt.
Y ahora hizo un movimiento repentino hacia la salida.
És most hirtelen mozdulattal a kijárat felé indult.
Extendió su mano derecha hacia las escaleras.
Kinyújtotta a jobb kezét a lépcső felé.
Quizás una fuerza sobrenatural estaba esperando para salvarlo.
Talán egy természetfeletti erő várt rá, hogy megmentse.
Gregor sabía que no podía permitir que se fuera así.
Gregor tudta, hogy nem engedheti meg, hogy így elmenjen.
El gerente no debe regresar con el mismo humor en el que estaba.
A menedzsernek nem szabad abban a hangulatban visszatérnie, amiben volt.
La seguridad del trabajo de Gregor estaba en grave peligro.
Gregor állása komoly veszélyben forgott.
Los padres no podían comprender plenamente todo esto.
A szülők nem tudták mindezt teljesen felfogni.
Con los años se habían acostumbrado a su seguridad laboral.
Az évek során megszokták a munkahelyi biztonságát.
Y se convencieron de que tenía el trabajo de por vida.
És meg voltak győződve arról, hogy életre szóló állása van.
En lugar de eso, se habían ocupado de otras preocupaciones.
Ehelyett más gondokkal voltak elfoglalva.
Pero estas preocupaciones les hicieron perder toda previsión.
De ezek az aggodalmak oda vezettek, hogy elvesztették minden előrelátásukat.
Gregor, sin embargo, no había perdido la previsión paterna.
Gregor azonban nem veszítette el a szülő előrelátását.
Alguien tenía que detener al representante autorizado.
Valakinek meg kellett állítania a meghatalmazott képviselőt.
Iba a tener que calmarlo y convencerlo.

Meg kellett volna nyugtatnia és meggyőznie.

¡El futuro de Gregor y su familia dependía de ello!

Gregor és családja jövője múlott rajta!

Ojalá la inteligente hermana hubiera estado allí para ayudar.

Bárcsak itt lett volna az az intelligens nővér, hogy segítsen.

Ella ya había llorado cuando Gregor todavía estaba en su habitación.

Már akkor sírt, amikor Gregor még a szobájában volt.

En ese momento él simplemente yacía tranquilamente boca arriba.

Abban a pillanatban csak csendben feküdt a hátán.

Ella ya sabía entonces la importancia de la situación.

Akkor már tisztában volt a helyzet fontosságával.

El gerente tenía una debilidad bien conocida por las mujeres.

A menedzser köztudottan gyengéd érzelmekkel viseltetett a nők iránt.

Ella fácilmente podría haberlo persuadido para que se quedara más tiempo.

Könnyen rávehette volna, hogy tovább maradjon.

Ella habría cerrado la puerta y lo habría guiado adentro.

Becsukta volna az ajtót, és visszakísérte volna.

Pero desafortunadamente la hermana había ido a buscar un médico.

De sajnos a nővér orvoshoz ment.

Así que Gregor no tuvo más remedio que hacerlo él mismo.

Gregornak ezért nem volt más választása, mint hogy maga tegye meg.

No había considerado cuáles eran realmente sus habilidades.

Nem gondolta át, hogy valójában milyen képességei vannak.

Y se había olvidado de desconfiar de su capacidad de hablar.

És elfelejtette, hogy ne bízzon a saját beszédképességében.

Pero aún así, abandonó la seguridad de su habitación.

De ennek ellenére elhagyta szobája biztonságos környezetét.

Y se abrió paso a través de la abertura de la habitación.

És átfurakodott a szoba nyílásán.

El gerente ya estaba bajando las escaleras.

A menedzser már úton volt lefelé a lépcsőn.

Pero él se agarraba a la barandilla con ambas manos.

De mindkét kezével a korlátba kapaszkodott.

Gregor se cayó mientras intentaba atravesar la puerta.

Gregor elesett, miközben átfurakodott az ajtón.

Dejó escapar un pequeño grito mientras trataba de agarrar algo para apoyarse.

Egy halk sikolyt hallatott, miközben támasztékot keresett.

Pero en lugar de pánico, sintió un bienestar físico.

De a pánik helyett fizikai jóllétet érzett.

Por primera vez esa mañana algo se sintió bien.

Azon a reggelen először valami rendben lévőnek tűnt.

Todas sus piernas ahora tenían tierra sólida debajo de ellas.

Most már minden lába szilárd talajon volt.

Se sorprendió de lo bien que podía controlar sus piernas.

Meglepődött, milyen jól tudja irányítani a lábait.

Se alegró de notar que sus piernas le obedecían completamente.

Örömmel vette észre, hogy a lábai teljesen engedelmeskednek neki.

De hecho, sus piernas lo llevaban a donde quería.

Sőt, a lábai oda vitték, ahová akarta.

Pronto todas sus penas estaban destinadas a llegar a su fin.

Hamarosan minden bánata véget ért.

Pero en ese mismo momento su propia madre saltó.

De ugyanabban a pillanatban a saját anyja is felugrott.

Sus brazos estaban extendidos y sus dedos separados.

Karjait kinyújtva, ujjait széttárva tartotta.

Y ella gritó: "¡Socorro! ¡Por el amor de Dios, que alguien ayude!"

És felkiáltott: "Segítség, az Isten szerelmére, valaki segítsen!"

Ella inclinó la cabeza; quería ver mejor a Gregor.

Félrebillentette a fejét; jobban akarta látni Gregort.

Pero en contraposición a la primera acción, ella corrió hacia atrás.

De az első mozdulattal ellentétben visszaszaladt.

Se había olvidado que la mesa estaba puesta detrás de ella.

Elfelejtette, hogy az asztalt megterítették mögötte.

Todos los elementos para el desayuno todavía estaban en la mesa.

Még minden reggelihez való dolog az asztalon volt.

Se sentó apresuradamente en la mesa, como distraída.

Sietősen leült az asztalra, mintha valami elterelte volna a figyelmét.

Y ella no pareció darse cuenta del café derramado.

És úgy tűnt, észre sem veszi a kiömlött kávét.

El café que ahora estaba empapando la alfombra.

A kávé, ami most a szőnyegbe ázott.

—**Mamá, madre** —dijo Gregor suavemente, mirándola.

– Anya, anya – mondta Gregor halkan, és felnézett rá.

Por el momento el manager no era importante para él.

Egyelőre a menedzser nem volt fontos számára.

Pero también estaba el café goteando sobre la alfombra.

De ott volt a szőnyegre csöpögő kávé is.

Gregor no pudo resistirse a chasquear las mandíbulas al tomar el café.

Gregor nem tudott ellenállni a kísértésnek, és összeszorította a száját a kávéra.

La madre comenzó a llorar nuevamente por su comportamiento.

Az anya újra sírni kezdett a viselkedése miatt.

Ella saltó de la mesa para distanciarse de él.

Leugrott az asztalról, hogy eltávolodjon tőle.

Y ella corrió a los brazos del padre, buscando seguridad.

És az apja karjaiba rohant, biztonságba.

Pero Gregor ya no tenía tiempo que perder con sus padres.

De Gregornak most nem volt ideje a szüleire.

El oficial autorizado ya estaba en las escaleras.

A megbízott tisztviselő már a lépcsőn volt.

Apoyó la barbilla en la barandilla para mirar dentro de la casa.

Az állát a korlátra támasztotta, hogy belásson a házba.

Al parecer quería echar un último vistazo al espectáculo.

Nyilvánvalóan még utoljára szeretett volna rápillantani a látványosságra.

Y Gregor hizo un último esfuerzo para llegar hasta el gerente.

Gregor pedig utolsó erőfeszítést tett, hogy elérje a vezetőt.

Corrió hacia la puerta tan seguro como pudo.

Olyan biztonságosan rohant az ajtó felé, amennyire csak tudott.

Pero el jefe de oficina debía de sospechar algo.

De a főjegyzőnek gyanítania kellett valamit.

Porque saltó varios escalones y desapareció.

Mert leugrott pár lépcsőfokról, és eltűnt.

—¡Huh! —gritó Gregor, resonando en la escalera.

– Hű! – kiáltotta Gregor, visszhangozva a lépcsőházban.

La fuga del gerente también pareció confundir a su padre.

A menedzser szökése láthatóan az apját is összezavarta.

Hasta entonces había conseguido mantener la compostura.

Addig sikerült egészen nyugodtnak maradnia.

Pero desgraciadamente él también perdió la compostura que había tenido.

De sajnos ő is elvesztette az addigi önuralmát.

Lo que debería haber hecho es ayudar a Gregor en su persecución.

Amit tennie kellett volna, az az, hogy segítsen Gregornak az üldözésében.

Pero con una mano agarró el bastón del gerente.

De az egyik kezével megragadta a menedzser sétabotját.

Y en la otra mano sostenía ahora un periódico.

A másik kezében most egy újságot tartott.

Y ahora estorbó directamente a Gregor en su persecución.

És most közvetlenül akadályozta Gregort az üldözésében.

Se había colocado entre Gregor y la calle.

Gregor és az utca közé helyezkedett.

Golpeó el suelo con los pies y agitó el palo y el periódico.

Topogott a lábával, és lengette a botot meg az újságot.

Y él estaba forzando activamente a Gregor a regresar a su habitación.

És aktívan visszakényszerítette Gregort a szobájába.
Ninguna de las peticiones que Gregor intentó hacer sirvió de algo.
Gregor egyik kérése sem segített.
Porque ninguna de las peticiones que hizo fue entendida.
Mert egyik kérését sem értették meg.
Giró la cabeza hacia un ángulo más profundo y humilde.
Mélyebb, alázatosabb szögbe fordította a fejét.
Pero su padre respondió golpeando el suelo con más fuerza.
De az apja még erősebben dobbantott a lábával.
La madre abrió una ventana, a pesar del clima frío.
Az anya a hűvös idő ellenére is ablakot nyitott.
Y apretó su cara entre sus manos en el frío.
És a hidegben a kezébe temette az arcát.
El viento ahora podría pasar por todo el apartamento.
A szél most már az egész lakáson át tudott fújni.
Una fuerte corriente de aire soplaba desde la escalera hacia el callejón.
Erős huzat fújt a lépcső felől a sikátorba.
Las cortinas se agitaban a causa del fuerte viento.
A függönyöket lobogtatta az erős szél.
Y el periódico sobre la mesa crujió con el viento.
És az asztalon heverő újság zizegett a szélben.
Incluso algunas hojas fueron arrastradas hasta el interior de la casa desde el exterior.
Még néhány levelet is befújt a szél kintről a házba.
El padre pateaba y empujaba sin descanso.
Az apa dobbantott a lábával, és könyörtelenül tolta a lábát.
Y silbaba y hacía ruidos como lo haría un hombre salvaje.
És sziszegett, és olyan hangokat adott ki, mint egy vadember.
Pero Gregor aún no había practicado el caminar hacia atrás.
De Gregor még nem gyakorolta a hátrafelé járást.
Incluso Gregor admitiría que este movimiento era mucho más lento.
Még Gregor is elismerné, hogy ez a mozgás sokkal lassabb volt.

Pero lo único que quería era la oportunidad de cambiar las cosas.

De csak a lehetőséget akarta, hogy megfordulhasson.

Entonces se habría ido directamente a su habitación.

Akkor azonnal a szobájába ment volna.

Pero tenía demasiado miedo de impacientar a su padre.

De túlságosan félt, hogy türelmetlenné teszi apját.

Y allí estaba la amenaza de un golpe con el palo.

És ott volt a botütés veszélye is.

Un golpe así en la parte posterior de la cabeza podría ser fatal.

Egy ilyen ütés a fej hátsó részére végzetes lehet.

Pero al final Gregor no tuvo otra opción.

De végül Gregornak nem maradt más választása.

Se dio cuenta de que ni siquiera podía caminar hacia atrás en línea recta.

Rájött, hogy még hátrafelé sem tud egyenesen menni.

Empezó a girar tan rápido como pudo.

Olyan gyorsan kezdett megfordulni, amilyen gyorsan csak tudott.

Pero en realidad este movimiento giratorio era igualmente lento.

De a valóságban ez a fordulómozgás ugyanolyan lassú volt.

Y le siguieron las miradas ansiosas del padre.

És őt követték az apa aggódó pillantásai.

Quizás el padre notó las buenas intenciones de Gregor.

Talán az apa észrevette Gregor jó szándékát.

Porque no le impidió darse la vuelta.

Mert nem zavarta meg abban, hogy megforduljon.

Incluso utilizó la punta de su bastón para guiar la rotación.

Még a botja hegyét is használta a forgás irányításához.

¡Pero Gregor aún deseaba que su padre no le hubiera silbado!

De Gregor még mindig azt kívánta, bárcsak az apa ne sziszegett volna rá!

El silbido sólo aumentó la confusión del momento.

A sziszegés csak fokozta a pillanatnyi zűrzavart.

Y luego cometió un error y giró en la dirección equivocada.

Aztán hibázott, és rossz irányba fordult.

Al final logró encarar el camino correcto.

Végül sikerült a helyes irányba fordulnia.

Y estaba satisfecho con el progreso que había logrado.

És elégedett volt az elért haladással.

Pero entonces el siguiente problema se hizo aún más evidente.

De aztán a következő probléma még nyilvánvalóbbá vált.

Su cuerpo era demasiado ancho para pasar fácilmente por la puerta.

A teste túl széles volt ahhoz, hogy könnyen átférjen az ajtón.

En su estado actual el padre no se dio cuenta de esto.

Jelenlegi állapotában az apa ezt nem vette észre.

Así que no se le ocurrió abrir más la puerta.

Így eszébe sem jutott, hogy jobban kinyissa az ajtót.

Entonces habría habido suficiente espacio para Gregor.

Akkor lett volna elég hely Gregornak.

Su única prioridad era conseguir que Gregor entrara a su habitación.

Az egyetlen prioritása az volt, hogy Gregort bejuttassa a szobájába.

Habría tenido que ponerse de pie para poder pasar por la puerta.

Fel kellett volna állnia, hogy beférjen az ajtón.

Pero el padre no hubiera permitido tal maniobra.

De az apa nem engedett volna meg egy ilyen manővert.

De hecho, le estaba siseando aún más salvajemente que antes.

Sőt, még vadabban sziszegett rá, mint azelőtt.

Sonaba como si más de un hombre le estuviera silbando.

Úgy hangzott, mintha nem csak egy férfi sziszegett volna rá.

Sus demandas parecían tener una nueva urgencia detrás.

Követelései mögött mintha új sürgetés bontakozott volna ki.

Realmente ya no había más tiempo para perder el tiempo.

Most már tényleg nem volt idő a babrálásra.

Pasara lo que pasara, Gregor tenía que atravesar la puerta.

Bármi is történt, Gregornak át kellett jutnia az ajtón.

Se abrió paso sin ningún respeto por sí mismo.

Mindenféle önbecsülés nélkül erőltette végig magát.

Un lado de su cuerpo fue empujado hacia arriba por el movimiento.

Testének egyik oldala felfelé kényszerült a mozgástól.

Y él yacía torpe y torcido en el umbral de la puerta.

És esetlenül és ferdén feküdt az ajtónyílás között.

Uno de sus flancos quedó en carne viva rozando la madera.

Az egyik oldalát a fához dörzsölték.

Y había dejado feas manchas en la puerta pintada de blanco.

És csúnya foltokat hagyott a fehérre festett ajtón.

Las piernas de uno de sus costados colgaban temblando en el aire.

Az egyik oldaláról remegő lábak lógtak a levegőben.

Sus otras piernas estaban presionadas dolorosamente contra el suelo.

A többi lába fájdalmasan a padlóba nyomódott.

Pronto se quedaría atrapado completamente entre las puertas.

Hamarosan teljesen az ajtó között ragadt.

Y entonces no habría podido moverse en absoluto.

És akkor egyáltalán nem tudott volna mozdulni.

Pero el padre le dio un fuerte empujón realmente liberador.

De az apa egy igazán felszabadító, erős lökést adott neki.

Y cayó, sangrando profusamente, hasta el fondo de su habitación.

És vérzőn, mélyen a szobájába zuhant.

El padre cerró la puerta tras de sí con su bastón.

Az apa a botjával becsapta maga mögött az ajtót.

Y finalmente hubo algo de paz y tranquilidad nuevamente.

És akkor végre újra béke és csend lett.

<h1 style="text-align:center">Segunda parte</h1>
Második rész

Gregor no se despertó hasta mucho más tarde ese mismo día.

Gregor csak sokkal később ébredt fel a nap folyamán.

Había anochecido; había dormido profundamente e inconscientemente.

Alkonyodott; mélyen és öntudatlanul aludt.

Se habría despertado incluso sin que nadie lo hubiera molestado.

Még zavarás nélkül is felébredt volna.

Porque se sentía suficientemente descansado y bien dormido.

Mert úgy érezte, hogy kellően kipihent és jól aludt.

Pero le pareció oír unos pasos fugaces afuera.

De mintha néhány futó lépést hallott volna kintről.

Y alguien podría haber cerrado cuidadosamente la puerta principal.

És valaki gondosan becsukhatta a bejárati ajtót.

La luz del tranvía eléctrico se reflejaba pálidamente en el techo.

A villanyvillamos fénye halványan vetült a mennyezetre.

La parte superior del mueble también recibió un poco de luz.

A bútorok teteje is kapott egy kis fényt.

Pero allá abajo, a la altura de Gregor, estaba oscuro.

De lent a földön, Gregor szintjén, sötét volt.

Sus piernas lo empujaron lentamente hacia la puerta nuevamente.

A lábai lassan ismét az ajtó felé taszították.

Tenía mucha curiosidad por ver qué había sucedido allí.

Nagyon kíváncsi volt, hogy mi történt ott.

Pero su control de sus sensores aún no estaba desarrollado.

De az érzései feletti uralma még nem volt kifejlődve.

Aunque empezó a apreciar estos nuevos sensores.

Bár elkezdte értékelni ezeket az új érzékelőket.

Una cicatriz larga y desagradable parecía recorrer su costado izquierdo.

Egy hosszú, kellemetlen sebhely látszott végigfutni a bal oldalán.

La cicatriz parecía como si apretara ese lado de su cuerpo.

A sebhely mintha szorosabbra húzta volna a testének azt az oldalát.

Y entonces tuvo que cojear literalmente sobre sus dos filas de piernas.

Így szó szerint sántítania kellett a két sor lábán.

Esa mañana una de sus piernas resultó gravemente herida.

Az egyik lába súlyosan megsérült aznap reggel.

Realmente fue un milagro que no se hubiera roto más piernas.

Tényleg csoda volt, hogy nem tört el több lába.

Y así arrastró sin vida su pierna herida.

És így vonszolta maga után élettelenül sérült lábát.

Cuando llegó a la puerta se dio cuenta de algo profundo.

Amikor az ajtóhoz ért, valami mélyenszántó dologra lett figyelmes.

Fue el olor de algo lo que lo atrajo hasta allí.

Valaminek a szaga csábította oda.

A Gregor le habían dejado algo comestible en su habitación.

Valami ehetőt hagytak Gregornak a szobájában.

Trozos de pan blanco flotando en un cuenco de leche dulce.

Fehér kenyérdarabok úszkálnak egy tál édes tejben.

Apenas podía contener la alegría que había dentro de él.

Alig tudta visszatartani az örömöt, ami benne volt.

Ahora tenía incluso más hambre que por la mañana.

Most még éhesebb volt, mint reggel.

Inmediatamente sumergió su cabeza en el cuenco de leche.

Azonnal belemártotta a fejét a tejjel teli tálba.

La leche le salía casi por toda la cabeza, hasta los ojos.

A tej szinte az egész fejét kitöltötte, egészen a szeméig.

Pero pronto echó la cabeza hacia atrás, amargamente decepcionado.

De hamarosan visszahúzta a fejét, keserűen csalódottan.

Comer era difícil debido a su delicado lado izquierdo.
Az evés nehézkes volt a sérülékeny bal oldala miatt.
Y sólo podía comer jadeando con todo su cuerpo.
És csak lihegve tudott enni, teljes testével.
Pero esa no fue la verdadera razón de su decepción.
De nem ez volt a csalódásának igazi oka.
La leche siempre había sido uno de sus platos favoritos.
A tej mindig is az egyik kedvenc étele volt.
No tenía ninguna duda de que su hermana recordaba esto.
Biztos volt benne, hogy a nővére emlékezett erre.
Y esa fue la razón por la que le había dado leche.
És ezért adott neki tejet.
No podía explicar por qué ahora no le gustaba la leche.
Nem tudta megmagyarázni, miért nem szereti a tejet.
Y se apartó del cuenco casi con reticencia.
És szinte vonakodva fordult el a táltól.
Decepcionado, se arrastró de nuevo hasta el centro de la habitación.
Csalódottan visszakúszott a szoba közepére.
Desde allí pudo ver a través de la rendija de la puerta.
Itt már be tudott látni az ajtó repedésén.
Pudo ver que el fuego en la sala de estar estaba encendido.
Látta, hogy a nappaliban ég a tűz.
Generalmente a esta hora el padre leía el periódico.
Általában ilyenkor az apa újságot olvas.
Él siempre solía leerle a la madre en voz alta.
Mindig emelt hangon olvasott fel az anyának.
A veces la hermana también escuchaba al padre.
A nővér néha az apa szavait is kihallgatta.
Ella siempre le había contado a Gregor sobre esta lectura en voz alta.
Mindig mesélt Gregornak erről a felolvasásról.
Pero hoy no se oía ningún sonido en la habitación.
De ma semmi hang nem hallatszott a szobából.
Quizás este hábito ya había caído en desuso.
Talán ez a szokás már kiment a gyakorlatból.

Un profundo silencio se había apoderado de todo el apartamento.

Mély csend telepedett az egész lakásra.

Aunque sabía que el apartamento ciertamente no estaba vacío.

Bár tudta, hogy a lakás biztosan nem üres.

«¡Qué vida tan tranquila lleva la familia!», pensó Gregor.

„Milyen csendes életet él a család!" – gondolta Gregor.

Y miró hacia la oscuridad con gran orgullo.

És nagy büszkeséggel bámult a sötétségbe.

Estaba orgulloso de la vida que había podido darles.

Büszke volt arra az életre, amit nekik adhatott.

Estaba orgulloso del hermoso apartamento en el que vivían.

Büszke volt a gyönyörű lakásra, amiben laktak.

¿Pero toda esta paz estaba a punto de tener un final terrible?

De vajon ennek a békének szörnyű vége lett volna?

¿Les iban a quitar su prosperidad?

Vajon el fogják venni tőlük a jólétüket?

¿Su satisfacción ahora era incierta en el futuro?

Vajon a jövőbeni elégedettségük most már bizonytalan volt?

Pero él no quería perderse en tales pensamientos.

De nem akart elveszni ilyen gondolatokban.

Para mantenerse ocupado se arrastraba arriba y abajo por las paredes.

Hogy lefoglalja magát, fel-alá mászott a falakon.

Durante la larga velada una puerta estaba entreabierta.

A hosszú este folyamán az egyik ajtót résnyire nyitva hagyták.

Y en otro momento la otra puerta se abrió un poquito.

És egy másik pillanatban a másik ajtó is kissé kinyílt.

Pero en ambas ocasiones las puertas se cerraron rápidamente de nuevo.

De mindkétszer gyorsan bezárták az ajtókat.

Estaba claro que alguien de fuera tenía el deseo de entrar.

Nyilvánvalóan valaki kívülről be akart jönni.

Pero también tenían demasiadas preocupaciones acerca de venir.

De túl sok aggodalmuk is volt a bejutással kapcsolatban.

Gregor ahora se detuvo directamente en la puerta de la sala de estar.

Gregor most megállt közvetlenül a nappali ajtajában.

Estaba decidido a tentar de algún modo al indeciso visitante.

Elhatározta, hogy valahogyan megkísérti a tétovázó látogatót.

Y también quería saber quién había sido el visitante.

És azt is tudni akarta, hogy ki volt a látogató.

Pero aquella noche la puerta no se abrió una tercera vez.

De aznap este harmadszorra sem nyitották ki az ajtót.

Y Gregorio esperaba en vano junto a la puerta.

Gregor pedig hiába várakozott az ajtóban.

Más temprano ese día todos querían entrar a la habitación.

Aznap korábban mindannyian be akartak jönni a szobába.

Ahora que las puertas estaban desbloqueadas sería más fácil para ellos.

Most, hogy az ajtók nyitva voltak, könnyebb dolguk lesz.

Pero ellos prefirieron quedarse al otro lado de la habitación.

De úgy döntöttek, hogy a szoba másik oldalán maradnak.

Gregor se dio cuenta de que las llaves ya no estaban en sus cerraduras.

Gregor észrevette, hogy a kulcsok már nincsenek a zárakban.

Alguien debe haber movido las llaves a la cerradura exterior.

Valaki biztosan elmozdította a kulcsokat a külső zárhoz.

Sólo tarde por la noche se apagó la luz de la sala de estar.

Csak késő este kapcsolták le a nappaliban a villanyt.

La familia debe haber permanecido despierta todo el tiempo.

A családnak egész idő alatt ébren kellett maradnia.

Y Gregor podía oírlos claramente alejándose de puntillas.

Gregor pedig tisztán hallotta, ahogy lábujjhegyen elsuhannak.

Ahora nadie vendría a ver a Gregor hasta la mañana.

Most már senki sem mehetett Gregorhoz reggelig.

Así que tuvo mucho tiempo para sí mismo, para pensar sin interrupciones.

Így hosszú ideje volt magának, zavartalanul gondolkodhatott.

¿Cuál sería la mejor manera de reorganizar su vida ahora?

Mi lenne a legjobb módja az életének átszervezésére most?

Pero las altas paredes de la habitación vacía lo asustaban.

De az üres szoba magas falai megijesztették.

No le quedó más remedio que tumbarse en el suelo.

Nem volt más választása, mint lefeküdni a földre.

Y nunca encontró la causa de su miedo en ese espacio.

És soha nem találta meg félelmének okát ebben a térben.

Era la misma habitación en la que había vivido durante cinco años.

Ugyanaz a szoba volt, amiben öt évig lakott.

Medio inconscientemente hizo un movimiento hacia el sofá.

Félig öntudatlanul a kanapé felé mozdult.

Y sin ninguna vergüenza se escondió debajo del sofá.

És minden szégyenkezés nélkül elbújt a kanapé alá.

Allí abajo se sintió inmediatamente de nuevo muy a gusto.

Odalent azonnal újra nagyon kényelmesen érezte magát.

A pesar de que tenía la espalda un poco presionada.

Annak ellenére, hogy a háta kicsit be volt nyomva.

Ya no podía levantar la cabeza debajo del sofá.

Már a fejét sem tudta felemelni a kanapé alatt.

Pero incluso esto lo prefería a estar en cualquier espacio abierto.

De még így is jobban szeretett nyílt terepen tartózkodni.

Sin embargo, lamentó que su cuerpo fuera tan ancho.

Azonban sajnálta, hogy ilyen széles a teste.

El sofá no podía cubrir completamente todo su cuerpo.

A kanapé nem tudta teljesen befedni a testét.

Se quedó debajo del sofá toda la noche.

Az egész éjszakát a kanapé alatt töltötte.

La noche la pasó medio dormido, perturbado por el hambre.

Az éjszakát félálomban töltötte, mivel az éhsége zavarta.

Y el tiempo que estaba despierto lo pasaba preocupado o esperanzado.

Az ébren töltött időt pedig vagy aggódással, vagy reménykedéssel töltötte.

Pero todas sus vagas esperanzas llevaron a la misma conclusión.

De minden homályos reménye ugyanarra a következtetésre vezetett.

No tuvo más remedio que permanecer en silencio por el momento.

Nem volt más választása, mint hogy egyelőre csendben maradjon.

Tuvo que mostrar paciencia y consideración hacia la familia.

Türelmet és figyelmet kellett mutatnia a család iránt.

Era la única manera de hacer soportable el inconveniente.

Ez volt az egyetlen módja annak, hogy elviselhetővé tegye a kellemetlenséget.

Los inconvenientes que ahora estaba causando a la familia.

A kellemetlenséget, amit most a családra kényszerített.

No tuvo que esperar mucho para demostrar su compasión.

Nem kellett sokáig várnia, hogy bebizonyítsa együttérzését.

Temprano por la mañana la hermana miró dentro de su habitación.

Kora reggel a nővér benézett a szobájába.

Aunque en realidad era tan de noche como de mañana.

Bár valójában ugyanúgy éjszaka volt, mint reggel.

Ella estaba completamente vestida y parecía mostrar entusiasmo.

Teljesen fel volt öltözve, és izgatottnak tűnt.

La fuerza de su nueva decisión podría ser puesta a prueba.

Újonnan hozott döntésének ereje próbára válhat.

Ella no lo encontró inmediatamente con su primera mirada.

Nem azonnal találta meg első pillantásra.

Tenía que estar en algún lugar, no podía haber volado.

Valahol lennie kellett; nem repülhetett el.

Pero entonces sus ojos hicieron un segundo recorrido por la habitación.

De aztán tekintete még egyszer végigpásztázta a szobát.

Y esta vez vio su torso debajo del sofá.

És ezúttal megpillantotta a felsőtestét a kanapé alatt.

Estaba tan asustada que perdió todo el control de sí misma.

Annyira megijedt, hogy elvesztette minden önuralmát.

Y su primera reacción fue cerrar la puerta de golpe.

És az első reakciója az volt, hogy újra becsapta az ajtót.

Pero también pareció arrepentirse inmediatamente de su comportamiento.

De úgy tűnt, azonnal megbánta a viselkedését.

Tan pronto como cerró la puerta de golpe, la abrió de nuevo.

Amint becsapta az ajtót, újra kinyitotta.

Y esta vez entró de puntillas en la habitación con cuidado.

És ezúttal óvatosan lábujjhegyen osont be a szobába.

Se movía como si estuviera visitando a una persona gravemente enferma.

Úgy mozgott, mintha egy súlyos beteget látogatna meg.

O tal vez estaba visitando a un completo desconocido.

Vagy egy vadidegenhez látogatott.

Gregor empujó su cabeza casi hasta el borde del sofá.

Gregor majdnem a kanapé széléig tolta a fejét.

Y desde debajo de la caja fuerte la observaba en la habitación.

És a széf alól figyelte a szobában lévő nőt.

¿Se daría cuenta de que había dejado la leche?

Vajon észre fogja venni, hogy otthagyta a tejet?

No había dejado la leche por falta de hambre.

Nem azért hagyta ott a tejet, mert nem lett volna éhes.

¿En lugar de eso le traería comida diferente?

Vajon más ételt fog neki hozni helyette?

Quizás un plato que se ajustara mejor a sus preferencias.

Talán egy olyan étel, ami jobban megfelelt az ízlésének.

Pero ella misma habría tenido que notar su apetito.

De neki magának kellett volna észrevennie az étvágyát.

Preferiría morir de hambre antes que hacerle saber eso.

Inkább éhen halt volna, mintsem hogy ezt a nő tudtára adja.

En realidad le habría gustado mucho decírselo.

Tulajdonképpen nagyon szerette volna elmondani neki.

Estuvo realmente tentado de disparar desde debajo del sofá.

Komolyan elfogta a kísértés, hogy kiugorjon a kanapé alól.

Quería arrojarse a los pies de su hermana.

Legszívesebben a nővére lábai elé vetette volna magát.

Y quiso pedirle algo bueno para comer.

És kérni akart tőle valami finomat enni.

Pero entonces la hermana miró hacia el cuenco de leche.

De aztán a nővér a tejestál felé nézett.

Inmediatamente se dio cuenta de que el cuenco todavía estaba lleno.

Azonnal észrevette, hogy a tál még mindig tele van.

Le sorprendió bastante que Gregor no hubiera comido nada.

Meglehetősen meglepődött, hogy Gregor semmit sem evett.

Sólo se había derramado un poco de leche en el suelo.

Csak egy kevés tej folyt ki a padlóra.

Inmediatamente cogió el cuenco y lo sacó.

Azonnal felkapta a tálat, és kivitte.

Él vio que ella no recogió el cuenco con sus propias manos.

Látta, hogy a nő nem puszta kézzel emelte fel a tálat.

En lugar de eso, recogió el cuenco con uno de los trapos.

Ehelyett az egyik ronggyal felemelte a tálat.

Pero Gregor se olvidó muy rápidamente de este pequeño detalle.

De Gregor nagyon gyorsan elfeledkezett erről az apró részletről.

Ahora estaba mucho más entusiasmado por otra cosa.

Most már sokkal jobban izgatott volt valami más miatt.

¿Qué podría traer como reemplazo de la leche?

Mit hozhatna tej helyett?

Tenía varios pensamientos sobre lo que ella podría traer.

Különböző gondolatai voltak arról, hogy mit hozhat magával.

Pero la bondad de su hermana superó sus expectativas.

De a nővére kedvessége felülmúlta a várakozásait.

Se dio cuenta de que tenía que probar cuáles eran sus nuevos gustos.

Rájött, hogy ki kell próbálnia, milyen új ízlése van.

Así que trajo toda una selección de alimentos diferentes.

Így hát egy egész választékot hozott a különféle ételekből.

Verduras medio podridas, huesos de la cena.

Félig rothadó zöldségek, csontok a vacsoráról.

Salsa solidificada de la otra comida que habían comido.

Megszilárdult szósz a másik étkezésből, amit elfogyasztottak.

Unas pasas, unas almendras, pan seco, pan con mantequilla.

Néhány mazsola, némi mandula, száraz kenyér, vajas kenyér.

Un poco de pan untado con mantequilla y también con sal.

Egy kis vajazott és sózott kenyér.

Queso que Gregor había declarado incomestible hacía dos días.

Sajt, amit Gregor két nappal ezelőtt ehetetlennek nyilvánított.

Toda esta selección de comida fue colocada en un periódico.

Az összes ételt egy újságra tették.

Y también colocó un recipiente con agua al lado de sus comidas.

És egy tál vizet is tett az ételei mellé.

Ella sabía que Gregor no habría comido delante de ella.

Tudta, hogy Gregor nem evett volna előtte.

Entonces, por respeto hacia él, salió nuevamente de la habitación.

Így hát tiszteletből ismét elhagyta a szobát.

Y hasta giró la llave en la cerradura al salir.

És még a kulcsot is elfordította a zárban, amikor elment.

Pero ella giró la llave muy silenciosamente y con mucho cuidado.

De nagyon halkan és óvatosan fordította el a kulcsot.

De esta manera sólo Gregor sabría que la puerta estaba cerrada.

Így csak Gregor tudná, hogy az ajtó zárva van.

Ahora podía ponerse tan cómodo como quisiera.

Most már olyan kényelembe helyezhette magát, amilyennek csak akarta.

Las piernas de Gregor zumbaban cuando llegó la hora de comer.

Gregor lábai zakatoltak, amikor evésre volt szükség.

Lo que vale la pena destacar es que ya no sentía ninguna molestia.

Érdemes megjegyezni, hogy már nem érzett semmilyen kellemetlenséget.

Sus heridas deben haber sanado ya por completo.

A sebei már biztosan teljesen begyógyultak.

Porque ya no sentía sus discapacidades anteriores.

Mert már nem érezte a korábbi fogyatékosságait.

Su nueva capacidad de curar lo sorprendió y lo asombró.

Új gyógyító képessége meglepte és lenyűgözte.

Hace más de un mes se cortó el dedo con un cuchillo.

Több mint egy hónapja megvágta az ujját egy késsel.

Hasta hace dos días esa herida todavía le dolía.

Két nappal ezelőttig még mindig fájt neki az a seb.

"¿Soy mucho menos sensible ahora?" pensó para sí mismo.

„Sokkal kevésbé vagyok érzékeny most?" – gondolta magában.

Para entonces ya estaba chupando con avidez el queso.

Ekkorra már mohón szopogatta a sajtot.

Se sintió atraído por el queso más que por el resto de la comida.

Jobban vonzotta a sajt, mint a többi étel.

Comió rápidamente un trozo de queso tras otro.

Gyorsan megette egyik szelet sajtot a másik után.

Sus ojos se llenaron de lágrimas de satisfacción al probarlo.

Könnyek szöktek a szemébe az elégedettségtől az íze hallatán.

Después del queso comió las verduras y la salsa.

A sajt után megette a zöldségeket és a szószt.

Sin embargo, la comida fresca no le sabía bien.

A friss étel azonban nem ízlett neki.

De hecho, ni siquiera podía soportar el olor de la comida fresca.

Sőt, még a friss étel illatát sem bírta elviselni.

Incluso arrastró el resto de la comida lejos de la comida fresca.

Még a többi ételt is elhúzta a friss ételtől.

Y muy rápidamente terminó la comida más comestible.

És nagyon gyorsan befejezte a legehetőbb ételt.

Toda aquella deliciosa comida tuvo sobre él un efecto soporífero.

Minden finom étel altató hatással volt rá.

Y él permaneció acostado perezosamente en el lugar donde había comido.

És lustán feküdt azon a helyen, ahol evett.

**Finalmente su hermana regresó para ver cómo estaba
nuevamente.**

Végül a nővére visszajött, hogy újra megnézze, hogy van-e.

Tuvo la previsión de girar la llave muy lentamente.

Volt annyi előrelátása, hogy nagyon lassan fordította el a
kulcsot.

Esto le dio a Gregor una advertencia de que debía retirarse.

Ez figyelmeztetésül szolgált Gregornak, hogy vonuljon vissza.

**Aturdido y sobresaltado, se apresuró a volver debajo del
sofá.**

Kábultan és megdöbbenve sietett vissza a kanapé alá.

Pero quedarse debajo del sofá no fue tan fácil esta vez.

De ezúttal nem volt olyan könnyű a kanapé alatt maradni.

**Su cuerpo se había vuelto un poco redondeado por tanta
comida.**

A teste kissé kerekded lett a sok ételtől.

Y tuvo que controlarse para no quedarse sin nada otra vez.

És uralkodnia kellett magán, hogy ne szaladjon ki újra.

**Aunque la hermana no permaneció mucho tiempo en la
habitación.**

Annak ellenére, hogy a nővér nem sokáig maradt a szobában.

Le costaba respirar en ese estrecho espacio.

Alig kapott levegőt abban a szűk helyen.

**Pero él siguió adelante a pesar de los pequeños ataques de
asfixia.**

De átküzdötte magát a kisebb fulladásrohamokon.

**Con ojos desorbitados observaba las actividades de la
hermana.**

Kidülledt szemekkel figyelte a nővér tevékenységét.

La hermana desprevenida vertió todo en un balde.

A gyanútlan nővér mindent egy vödörbe öntött.

**Ella no sólo se deshizo de la comida que Gregor no había
comido.**

Nemcsak hogy megszabadult az ételtől, amit Gregor nem
evett meg.

**Pero también se deshizo de la comida que él no había
tocado.**

De azt az ételt is eldobta, amihez a férfi hozzá sem ért.

Al parecer esa comida ya no era comestible para nadie.

Úgy tűnt, hogy az az étel már senki számára sem volt ehető.

Luego cerró el cubo de comida con una tapa de madera.

Ezután egy fa fedéllel lezárta az ételes vödröt.

Y con la comida, el balde y el trapeador, se fue.

Az étellel, a vödörrel és a felmosóval elment.

Gregor no habría podido esperar mucho más tiempo.

Gregor nem sokáig várhatott volna tovább.

Tan pronto como ella se fue, él se escapó de debajo del sofá.

Amint a nő elment, a férfi kiszökött a kanapé alól.

Y se estiró y resopló aliviado.

És kinyújtózott, és megkönnyebbülten felfújt.

Así recibía Gregorio comida de vez en cuando.

Így kapott Gregor azóta időnként ételt.

Su hermana le dio de comer una vez temprano en la mañana.

A nővére egyszer adott neki enni kora reggel.

A esta hora los padres y la criada todavía dormían.

Ebben az órában a szülők és a szobalány még aludtak.

Y recibió una segunda comida después de que todos almorzaron.

És miután mindenki ebédelt, kapott egy második étkezést is.

Porque en ese momento los padres también durmieron un rato.

Mert akkoriban a szülők is aludtak egy kicsit.

Y la doncella fue enviada por su hermana a hacer algún recado.

A szobalányt pedig a nővér elküldte valami ügyben.

Ciertamente no tenían intención de dejar morir de hambre a Gregor.

Biztosan nem állt szándékukban éheztetni Gregort.

Pero tampoco hubieran querido verlo comer.

De ők sem akarták volna nézni, ahogy eszik.

Lo que mencionó la hermana fue suficiente información.

Amit a nővér említett, az elég információ volt.

Quizás era su manera de ahorrarles dolor a los padres.

Talán így akarta megkímélni a szülőket a bánattól.

Ya habían sufrido bastante por sus acciones.
Már eleget szenvedtek a tettei miatt.

El primer día se iba convirtiendo poco a poco en un recuerdo lejano.
Az első nap lassan már csak távoli emlékké vált.
Gregor no tenía forma de saber lo que pasó ese día.
Gregornak fogalma sem volt, mi történt aznap.
¿Cómo fue guiado el cerrajero fuera del apartamento?
Hogyan vezették ki a lakatost a lakásból?
¿Con qué excusas quedó finalmente satisfecho el médico?
Milyen kifogásokkal elégedett meg végül az orvos?
No había encontrado ningún modo de hacerse entender.
Sehogy sem tudta megértetni magát.
Ni siquiera logró comunicarse con su hermana.
Még a nővérével sem sikerült kommunikálnia.
Y entonces pensaron que no podía entenderlos.
És ezért azt gondolták, hogy nem érti őket.
Y por eso no se hizo ningún esfuerzo para hablar con él.
És ezért nem tettek kísérletet arra, hogy beszéljenek vele.
Su hermana entraba en su habitación todas las mañanas y a la hora del almuerzo.
A húga minden reggel és ebédnél bejött a szobájába.
Pero él tuvo que contentarse con escuchar sus suspiros.
De meg kellett elégednie a sóhajtásaival.
Más tarde se acostumbró un poco más a la forma de Gregor.
Később azért jobban megszokta Gregor alakját.
Y se sintió un poco más libre para hacer más comentarios.
És egy kicsit több szabadságot érzett arra, hogy több megjegyzést tegyen.
(Aunque nunca se acostumbraría del todo a él.)
(Bár sosem szokott volna hozzá teljesen.)
Y entonces Gregor se sintió nuevamente hablado un poco más.
És akkor Gregor úgy érezte, hogy újra egy kicsit többet beszélnek hozzá.
Y captó lo que percibió como comentarios amistosos.

És elkapta azokat, amiket barátságos megjegyzéseknek vélt.
"Disfrutó su comida hoy" o "comió todo".
„Élvezte a mai ételt", vagy „mindent megevett".
Pero eso fue sólo cuando hubo comido toda su comida.
De ez csak akkor volt, amikor már minden ételét megette.
Pero últimamente esto se está volviendo cada vez menos frecuente.
De mostanában ez egyre ritkábban fordult elő.
"Apenas tocaba la comida", decía ella con más frecuencia ahora.
„Alig nyúlt az ételhez" – mondta most már gyakrabban.
Y había un toque de tristeza en su voz cada vez.
És minden alkalommal volt egy csipetnyi szomorúság a hangjában.
Gregor no pudo escuchar ninguna otra noticia más directamente.
Gregor nem tudott más híreket közvetlenebbül hallani.
Pero escuchó muchas noticias de las habitaciones contiguas.
De sok hírt hallott a szomszédos szobákból.
Al oír voces corrió hacia la puerta correspondiente.
Amikor hangokat hallott, a megfelelő ajtóhoz rohant.
Y apretó todo su cuerpo contra la puerta para escuchar.
És egész testével az ajtóhoz nyomódott, hogy hallja.
Todas las conversaciones le concernían de una manera u otra.
Minden beszélgetés valamilyen módon aggasztotta őt.
Incluso cuando el tema parecía ser sobre otra cosa.
Még akkor is, ha a téma látszólag másról szólt.
Esta observación fue especialmente cierta en los primeros tiempos.
Ez a megfigyelés különösen igaz volt a kezdeti időkben.
Durante cada comida repetían la misma discusión.
Minden étkezés alatt megismételték ugyanazt a beszélgetést.
Todavía no estaban seguros de cómo comportarse a su alrededor.
Még mindig bizonytalanok voltak abban, hogyan viselkedjenek a közelében.

Pero el mismo tema también se discutió entre comidas.
De ugyanez a téma az étkezések között is szóba került.
Porque siempre había dos miembros de la familia en casa.
Mert mindig két családtag volt otthon.
Nadie quería quedarse solo en la casa.
Senki sem akart egyedül maradni a házban.
Pero dejar el piso vacío tampoco era una opción.
De a lakás üresen hagyása szóba sem jöhetett.
La criada era la única que no estaba atada al apartamento.
A szobalány volt az egyetlen, aki nem volt a lakáshoz kötve.
Ella ya había pedido irse el primer día.
Már az első napon kérte, hogy elmehessen.
Ella se puso de rodillas y pidió que la despidieran.
Térdre ereszkedett és könyörgött, hogy bocsáthassák el.
La familia no sabía cuánto sabía realmente la criada.
A család nem tudta, mennyit tud valójában a szobalány.
En ese momento ella no había visto más que nadie.
Abban a pillanatban nem látott többet, mint bárki más.
Lo sucedido todavía era un misterio para la familia.
A család számára továbbra is rejtély volt, hogy mi történt.
Pero un cuarto de hora después se despidió.
De negyed óra múlva elbúcsúzott.
Y agradeció a la familia con lágrimas en los ojos.
És könnyes szemmel köszönte meg a családnak.
Pero en realidad les agradeció por haberla liberado.
De valójában megköszönte nekik, hogy elengedték.
Parecían haberle mostrado la mayor bondad.
Úgy tűnt, a legnagyobb kedvességet tanúsították iránta.
Incluso hizo un juramento sin que se lo pidieran.
Még esküt is tett, anélkül, hogy kérték volna rá.
Dijo que no le contaría a nadie lo que había sucedido.
Azt mondta, senkinek sem fogja elmondani, mi történt.
Ahora la hermana tenía que cocinar junto con su madre.
Most a nővérnek együtt kellett főznie az anyjával.
Pero esto realmente no era un gran inconveniente.
De ez igazából nem okozott túl nagy kellemetlenséget.
Porque de todas formas los dos no comían casi nada.

Mert ők ketten úgyis szinte semmit sem ettek.

Gregor escuchó una y otra vez la misma conversación.

Gregor újra meg újra meghallotta ugyanazt a beszélgetést.

Una persona le decía a otra que tenía que comer más.

Az egyik azt mondta a másiknak, hogy többet kellene ennie.

Pero esa persona no recibió ninguna respuesta de la persona.

De az illető nem kapott választ az illetőtől.

"Gracias, tengo suficiente", o algo similar.

„Köszönöm, elég van", vagy valami hasonló.

Quizás ya no bebían nada tampoco.

Talán ők sem ittak már semmit.

**La hermana a menudo le preguntaba a su padre si quería
cerveza.**

A nővér gyakran megkérdezte az apjától, hogy kér-e sört.

**Y ella misma se ofreció calurosamente a ir a buscar la
cerveza.**

És melegen felajánlotta, hogy ő maga hozza a sört.

El padre siempre permanecía en silencio ante su petición.

Az apa mindig hallgatott a kérésére.

**Así que la hermana tuvo que encontrar una manera de
eliminar cualquier duda.**

Így a nővérnek meg kellett találnia a módját, hogy minden
kétséget eloszlasson.

Y ella dijo que enviaría a la criada a buscar algo de cerveza.

És azt mondta, elküldi a szobalányt sörért.

**Pero entonces el padre finalmente dijo un gran y rotundo
"no".**

De aztán az apa végül egy nagy, hangos „nemet" mondott.

**Luego ya no se volvió a mencionar el tema de tomar una
cerveza.**

Aztán a sörözés témája már nem került szóba.

Ya había explicado anteriormente la situación financiera.

Korábban már ismertette a pénzügyi helyzetet.

De hecho, mencionó las finanzas el primer día.

Sőt, már az első napon a pénzügyeket említette.

Les hizo saber perfectamente cuáles eran las perspectivas.

Jól tudatta velük, hogy milyen kilátások várnak rájuk.

Su propio negocio se había derrumbado hacía unos cinco años.
A saját vállalkozása körülbelül öt évvel ezelőtt omlott össze.
De vez en cuando se levantaba para abandonar la mesa.
Időről időre felállt, hogy elhagyja az asztalt.
Y se dirigió a la caja registradora de su antiguo negocio.
És odament régi vállalkozása pénztárgépéhez.
Había salvado la caja registradora por sentimentalismo.
Szentimentalitásból mentette meg a pénztárgépet.
Gregor lo oyó abrir una cerradura pesada y complicada.
Gregor hallotta, ahogy egy nehéz és bonyolult zárat nyit.
Y sacó recibos y libros de la caja.
És nyugtákat és könyveket vett elő a pénztárból.
Después de tomar los objetos volvió a cerrar la caja fuerte.
Miután elvette a tárgyakat, ismét bezárta a kasszát.
Gregor no había tenido buenas noticias desde su encarcelamiento.
Gregor bebörtönzése óta nem hallott jó híreket.
Pensó que el negocio había llevado a la quiebra a su padre.
Azt hitte, hogy az üzlet csődbe vitte az apját.
El padre seguramente le había dado esa impresión a Gregor.
Az apa minden bizonnyal ezt a benyomást keltette Gregorban.
Y Gregor nunca le preguntó más sobre las finanzas.
És Gregor soha többé nem kérdezett tőle a pénzügyekről.
Gregor quería hacer todo lo posible para ayudar a la familia.
Gregor mindent meg akart tenni, hogy segítsen a családon.
Quería ayudarlos a olvidar la desgracia empresarial.
Segíteni akart nekik elfelejteni az üzleti balszerencsét.
La quiebra que provocó la desesperanza más completa.
A csőd, ami teljes reménytelenséget hozott.
Así que empezó a trabajar con una pasión muy especial.
Így aztán egészen különleges szenvedéllyel kezdett dolgozni.
Se había convertido en un vendedor ambulante casi de la noche a la mañana.
Szinte egyik napról a másikra utazó ügynök lett belőle.
Antes de eso, sólo había trabajado como empleado con un salario bajo.

Ezt megelőzően csak alacsony fizetésű hivatalnokként dolgozott.

Ahora tenía oportunidades de ingresos completamente diferentes.

Most teljesen más kereseti lehetőségei voltak.

Las ventas exitosas podrían convertirse inmediatamente en efectivo.

A sikeres eladások azonnal készpénzre válthatók.

El dinero en efectivo, por supuesto, se paga con sus comisiones.

A pénzt természetesen a jutalékaiból fizetik ki.

Ahora Gregor podía poner dinero en la mesa familiar.

Gregor most már pénzt tudott tenni a család asztalára.

Y estaban asombrados y contentos con sus ganancias.

És ámultak és örültek a keresetének.

Pero esos tiempos hermosos no se repetirán nuevamente.

De ezek a szép idők nem fognak megismétlődni.

Apenas se habían acostumbrado a esos buenos tiempos.

Csak mostanra szokták meg ezeket a jó időket.

Cada día de pago la familia aceptaba el dinero con gratitud.

A család minden fizetésnapon hálásan elfogadta a pénzt.

Y Gregor estaba igualmente feliz de entregar el dinero.

És Gregor ugyanilyen boldogan adta át a pénzt.

Pero el cálido afecto que recibía a cambio fue muriendo lentamente.

De a viszontérzet meleg szeretete lassan elhalványult.

Sólo su hermana permaneció tan cerca de Gregor como antes.

Csak a húga maradt olyan közel Gregorhoz, mint korábban.

Ella, a diferencia de Gregor, tenía un profundo aprecio por la música.

Gregorral ellentétben ő mélyen szerette a zenét.

Y ella sabía tocar el violín de una manera muy conmovedora.

És nagyon meghatóan tudta, hogyan kell hegedülni.

Gregor planeó en secreto enviarla a la escuela de música.

Gregor titokban azt tervezte, hogy zeneiskolába küldi.

Aún no había decidido cómo pagaría los gastos.

Még nem döntötte el, hogyan fogja fedezni a költségeket.

Pero de una forma u otra cubriría los costos.

De valamilyen módon majd fedezi a költségeket.

De vez en cuando Gregor y su familia hacían pequeños viajes.

Gregor és a családja időnként rövid kirándulásokra ment.

Gregor y su hermana abordaron este tema con frecuencia.

Gregor és a húga gyakran előhozakodtak a témával.

Pero sólo se mencionó como una idea maravillosa.

De csak mint csodálatos ötletet említették.

Realmente no creían que el sueño pudiera realizarse.

Nem igazán hitték, hogy az álom valóra válhat.

Y a los padres no les gustaban esas ambiciones fantasiosas.

És a szülőknek nem tetszettek az ilyen fantáziadús ambíciók.

Incluso cuando el tema se planteó de manera muy inocente.

Még akkor is, ha a téma nagyon ártatlanul került szóba.

Pero Gregor seguía pensando en la escuela de música.

De Gregor továbbra is a zeneiskolára gondolt.

Y tenía pensado anunciar el regalo en Nochebuena.

És azt tervezte, hogy szenteste bejelenti az ajándékot.

Por supuesto, en su estado actual sería imposible.

Persze jelenlegi állapotában ez lehetetlen lett volna.

Pero ese tipo de pensamientos pasaban por su cabeza.

De efféle gondolatok cikáztak a fejében.

Y tenía estos pensamientos mientras escuchaba a la familia.

És ilyen gondolatai voltak, miközben a családot hallgatta.

A veces se cansaba demasiado para seguir escuchándolos.

Időnként túl fáradt lett ahhoz, hogy tovább hallgassa őket.

Su cabeza cayó contra la puerta por el cansancio.

A fáradtságtól a feje az ajtónak esett.

Pero inmediatamente volvió a apoyar la cabeza contra la puerta.

De azonnal újra az ajtónak csapta a fejét.

Porque incluso el ruido más leve se podía oír afuera.

Mert még a legkisebb zajt is hallani lehetett kintről.

Y cualquier ruido que hacía hacía que la familia se quedara en silencio.

És minden zaj, amit kiadott, elhallgattatta a családot.
"¿Qué está haciendo ahora?" preguntó el padre a la familia.
„Mit csinál most?" – kérdezte az apa a családtól.
Y fue a la puerta para comprobar qué era aquel ruido.
És az ajtóhoz ment, hogy megnézze, mi a zaj.
**Y luego la conversación interrumpida se reanudó
gradualmente.**
Aztán a félbeszakadt beszélgetés fokozatosan folytatódott.
Pero lo que dijo el padre sorprendió positivamente a todos.
De amit az apa mondott, mindenkit meglepett.
Gregor ahora conoció la verdadera situación de las finanzas.
Gregor most már tudta meg a pénzügyek valódi állását.
A pesar de todas las desgracias, hubo algo de buena suerte.
Minden szerencsétlenség ellenére akadt némi szerencse is.
**Aún quedaba allí una muy pequeña fortuna de los viejos
tiempos.**
Egy egészen kis vagyon a régi időkből még mindig ott volt.
El padre explicó las cosas, pero tuvo que repetirlas.
Az apa elmagyarázta a dolgokat, de ismételnie kellett magát.
Porque hacía tiempo que no se ocupaba de estas cosas.
Mert egy ideje nem foglalkozott ezekkel a dolgokkal.
Y porque la madre no entendía tales cosas.
És mivel az anya nem értett az ilyesmihez.
Los tipos de interés del banco habían subido un poco.
A banki kamatok kissé emelkedtek.
El dinero intacto había aumentado más de lo esperado.
Az érintetlen pénz a vártnál jobban megnőtt.
Además Gregor siempre les había dado sus ahorros.
Ráadásul Gregor mindig odaadta nekik a megtakarításait.
Sólo había conservado unos pocos florines para sí.
Mindig is csak néhány guldent tartott meg magának.
Y su dinero aún no se había agotado por completo.
És a pénzét sem költötte el teljesen.
**En conjunto, este dinero se había acumulado hasta formar
un pequeño capital.**
Ez a pénz együttesen egy kis tőkévé gyűlt össze.

Gregor, detrás de su puerta, asintió con entusiasmo ante la noticia.

Gregor az ajtaja mögött lelkesen bólogatott a hír hallatán.

Le agradó esta inesperada cautela y frugalidad.

Örömmel fogadta ezt a váratlan óvatosságot és takarékosságot.

Los fondos sobrantes podrían haberse utilizado para pagar la deuda.

A fennmaradó összeget fel lehetett volna használni az adósság törlesztésére.

Entonces ya no le deberían nada al patrón.

Akkor már semmivel sem tartoztak volna a főnöknek.

Y Gregor podría haber cambiado de trabajo mucho antes.

És Gregor sokkal hamarabb is válthatott volna új munkahelyet.

Pero ahora la manera como el padre lo dispuso estaba mucho mejor.

De ahogy az apa elrendezte, most már sokkal jobban ment.

El dinero no era suficiente para vivir de los intereses.

A pénz nem volt egészen elég ahhoz, hogy a kamatokból megéljen.

Y había que reservar algo de dinero para emergencias.

És félre kellett tenni némi pénzt vészhelyzetekre.

Sólo habría sido suficiente dinero para uno o dos años.

Csak egy-két évre lett volna elég a pénz.

Esto significaba que alguien tenía que ganar dinero para que pudieran vivir.

Ez azt jelentette, hogy valakinek pénzt kellett keresnie a megélhetéséhez.

El padre no estaba enfermo y era bastante fuerte.

Az apa nem volt beteg, és elég erős is volt hozzá.

Pero llevaba más de cinco años sin trabajo.

De több mint öt éve munka nélkül volt.

Y, debido a su edad, le quedaba poca confianza en sí mismo.

És kora miatt alig maradt önbizalma.

También había engordado mucho en los últimos tiempos.

Az utóbbi időben ráadásul sokat hízott is.

Su vida siempre había sido ardua y sin éxito.

Élete mindig is küzdelmes és sikertelen volt.

Y éstas habían sido las primeras vacaciones que había tenido.

És ez volt az első ünnep, amit valaha is átélt.

Y sin estar ocupado se había vuelto bastante torpe.

És anélkül, hogy lefoglalták volna, egészen ügyetlenné vált.

¿Sería mejor si la anciana madre ganara el dinero?

Jobb lenne, ha az idős anya keresné meg a pénzt?

La anciana madre que sufría de asma.

Az idős anya, aki asztmában szenvedett.

La anciana madre que luchaba por subir las escaleras.

Az idős anya, aki küszködött a lépcsőn való feljutással.

La anciana madre que pasaba el tiempo tumbada en el sofá.

Az idős anya, aki az idejét a kanapén fekve töltötte.

La anciana madre que prefería quedarse junto a la ventana.

Az idős anya, aki legszívesebben az ablaknál maradt.

Para poder recuperar el aliento cuando lo necesitara.

Hogy tudjon levegőt venni, amikor szüksége van rá.

¿Sería mejor si la hermana joven ganara el dinero?

Jobb lenne, ha a fiatal nővér keresné meg a pénzt?

La hermana, que a sus diecisiete años era todavía apenas una niña.

A húg, aki tizenhét évesen még csak gyerek volt.

La hermana que sólo tuvo unos pocos placeres modestos.

A nővér, akinek csak néhány szerény öröme akadt.

La hermana a quien le gustaba principalmente tocar el violín.

A nővér, aki főleg hegedülni szeretett.

Ella sabía que su anterior forma de vida era muy envidiable;

Tudta, hogy korábbi életmódja irigylésre méltó;

Vestirse bien, levantarse tarde, ayudar en la casa.

Csinosan öltözködni, későn kelni, segíteni a házimunkában.

La conversación a menudo giraba en torno a la necesidad de ganar dinero.

A beszélgetés gyakran a pénzkeresés szükségességére terelődött.

Gregor siempre era el primero en soltar la puerta.
Gregor mindig elsőként engedte el az ajtót.
La conversación lo puso caliente de vergüenza y dolor.
A beszélgetés szégyennel és bánattal telítette el.
Entonces se dejó caer en el refrescante sofá de cuero.
Így hát a hűlő bőrkanapéra vetette magát.
Y a menudo pasaba el resto de la noche en el sofá.
És gyakran az éjszaka hátralévő részét a kanapén töltötte.
Nunca durmió realmente en el sofá, ni tampoco por la noche.
Soha nem aludt igazán a kanapén, sőt éjszaka sem.
**A menudo, simplemente se quedaba rascando el cuero
durante horas y horas.**
Gyakran csak órákon át vakargatta a bőrt.
Otras veces empujaba el sillón hacia la ventana.
Máskor az ablakhoz tolta a karosszéket.
Esto solo requirió un gran esfuerzo de su parte.
Már önmagában ez is rengeteg erőfeszítést igényelt a részéről.
El sillón le ayudó a subirse al alféizar de la ventana.
A karosszék segített neki felmászni az ablakpárkányra.
Y desde allí pudo apoyarse en la ventana.
És onnan már nekidőlhetett az ablaknak.
Solía sentir una gran sensación de libertad al hacer esto.
Régen nagy szabadságérzetet érzett ezzel.
Quizás estaba buscando algún viejo sentimiento liberador.
Talán valami régi felszabadító érzésre vágyott.
Pero su visión no era tan nítida como solía ser.
De a látása már nem volt olyan éles, mint régen.
Las cosas a cierta distancia se veían borrosas e indistintas.
A kis távolságban lévő dolgok homályosak és kivehetetlenek
voltak.
Ya no podía ver el hospital al otro lado de la calle.
Már nem látta a kórházat az út túloldalán.
Antes había maldecido la vista, ahora quería verla.
Azelőtt átkozta a kilátást, most látni akarta.
Sabía que vivía en la tranquila y urbana Charlottenstrasse.
Tudta, hogy a csendes, városi Charlottenstrassén lakik.
Pero podría haber pensado que estaba mirando el desierto.

De azt hihette, hogy a sivatagba néz.

Un páramo donde el cielo gris y la tierra gris se fusionaban.

Egy pusztaság, ahol a szürke ég és a szürke föld összeolvadt.

La atenta hermana notó dos veces que la silla se había movido.

A figyelmes nővér kétszer is észrevette, hogy a szék elmozdult.

Después de ordenar, empujó la silla hacia la ventana.

Miután rendet rakott, visszatolta a széket az ablakhoz.

Y a partir de ahora incluso dejó la ventana abierta.

És mostantól még az ablakkeretet is nyitva hagyta.

Gregor realmente hubiera deseado poder hablar con su hermana.

Gregor őszintén azt kívánta, bárcsak beszélhetett volna a húgával.

Quería agradecerle por todo lo que hizo por él.

Meg akarta neki köszönni mindazt, amit érte tett.

Entonces habría tolerado más fácilmente sus servicios.

Akkor könnyebben elviselte volna a szolgálataikat.

Pero tal como estaban las cosas, él sufrió por su ayuda.

De ahogy a dolgok álltak, szenvedett attól, hogy a nő segített neki.

La hermana, por supuesto, intentó disimular la vergüenza.

A húg persze megpróbálta elfojtani a zavart.

Y ella hizo todo lo posible para fingir que no se sentía agobiada.

És mindent megtett, hogy úgy tegyen, mintha nem érezné magát tehernek.

Por supuesto, esto es algo que tenía que practicar primero.

Persze ezt először gyakorolnia kellett.

Y cuanto más tiempo pasaba, mejor lo hacía.

És minél több idő telt el, annál jobban csinálta.

Pero a Gregor también se le dio más tiempo para ver su pretensión.

De Gregornak több ideje volt arra is, hogy lássa a színlelését.

Incluso su entrada a su habitación fue una prueba para él.

Már az is megpróbáltatás volt számára, amikor belépett a
szobájába.

Tan pronto como entró, corrió directamente a la ventana.

Amint belépett, egyenesen az ablakhoz rohant.

Ni siquiera se tomó el tiempo de cerrar la puerta.

Még arra sem vette a fáradságot, hogy becsukja az ajtót.

**Normalmente ella evitaba que todos vieran la habitación de
Gregor.**

Általában megkímélte mindenkit Gregor szobájának
látványától.

Y abrió la ventana de golpe con manos apresuradas.

És sietős kézzel felrántotta az ablakot.

Luego volvió a respirar como si se estuviera asfixiando.

Aztán újra levegőt vett, mintha fulladozott volna.

El aire que entraba era frío y ella respiraba profundamente.

Hideg levegő áradt be, és mélyeket lélegzett.

Pero aún así se quedó junto a la ventana por un rato.

De azért még egy darabig az ablaknál maradt.

Con esta rutina asustaba a Gregor dos veces al día.

Naponta kétszer is megijesztette Gregort ezzel a szokással.

**Mientras ella estaba en la habitación él temblaba debajo del
sofá.**

Amíg a nő a szobában volt, a férfi remegett a kanapé alatt.

**Él sabía que a ella le habría gustado ahorrarle esa terrible
experiencia.**

Tudta, hogy a lány szívesen megkímélte volna őt ettől a
megpróbáltatástól.

**Pero ella no podía estar en la habitación con la ventana
cerrada.**

De nem maradhatott a szobában csukott ablakkal.

Hubo una ocasión en que ella llegó un poco antes.

Volt egyszer egy alkalom, amikor kicsit korábban jött be.

**Probablemente alrededor de un mes después de la
transformación de Gregor.**

Valószínűleg körülbelül egy hónappal Gregor átalakulása
után.

Ella se había acostumbrado un poco a su nueva apariencia.

Valamennyire már megszokta az új külsejét.

Así que ya no tenía por qué estar particularmente sorprendida.

Így hát már nem volt oka különösebben megdöbbenni.

Ella lo encontró todavía mirando por la ventana, inmóvil.

Még mindig mozdulatlanul bámult ki az ablakon.

Estaba en el lugar más horrible en el que podría haber estado.

A lehető legszörnyűbb helyen volt.

No le habría sorprendido si ella no hubiera entrado.

Nem lepődött volna meg, ha nem jön be.

Donde le impidió abrir la ventana.

Ahol megakadályozták abban, hogy kinyissa az ablakot.

Ella salió rápidamente de la habitación y cerró la puerta.

Gyorsan ismét kiment a szobából, és becsukta az ajtót.

Un extraño podría haber llegado a todo tipo de conclusiones.

Egy idegen mindenféle következtetésre juthatott volna.

Quizás sólo estaba esperando la oportunidad de morderla.

Talán csak a lehetőségre várt, hogy megharaphassa.

Gregor, por supuesto, se escondió inmediatamente debajo del sofá.

Gregor természetesen azonnal elbújt a kanapé alá.

Pero tuvo que esperar hasta el mediodía para que su hermana regresara.

De délig kellett várnia, hogy a nővére visszatérjen.

Y ella parecía mucho más inquieta que de costumbre.

És sokkal nyugtalanabbnak tűnt, mint általában.

Se dio cuenta de que verlo todavía era insoportable.

Rájött, hogy a látványa még mindig elviselhetetlen.

Verlo seguiría siendo insoportable para ella.

A látványa elviselhetetlen marad számára.

Probablemente no podría soportar ver ninguna parte de él.

Valószínűleg képtelen lett volna bármit is látni belőle.

Siempre sobresalía una pequeña parte de debajo del sofá.

Egy kis rész mindig kiállt a kanapé alól.

Un día llevó una sábana sobre su espalda hasta el sofá.

Egy nap egy lepedőt vitt a hátán a kanapéra.

Quería evitar que ella viera cualquier parte de él.
Meg akarta kímélni attól, hogy bármelyik részét is lássa belőle.
Él dispuso la sábana de tal manera que todo él quedara oculto.
Úgy rendezte el a lepedőt, hogy teljesen eltakarva legyen.
Incluso si se agachara no podría verlo.
Még ha lehajolna sem látná.
Todo el esfuerzo le llevó a Gregor más de tres horas.
Az egész munka több mint három órát vett igénybe Gregornak.
Quizás pensó que la sábana era innecesaria.
Lehet, hogy feleslegesnek gondolta az ágyneműt.
Ella habría sabido que él no quería la sábana.
Tudhatta volna, hogy nem akarja a lepedőt.
Lo hacía para su comodidad, no para la suya propia.
A nő kényelméért tette, nem pedig saját maga miatt.
Y podría haber quitado la sábana si hubiera querido.
És le is vehette volna a lepedőt, ha akarta volna.
Pero dejó la sábana donde Gregor la había puesto.
De ott hagyta a lepedőt, ahová Gregor tette.
Y Gregor incluso creyó haber captado una mirada de agradecimiento.
Gregor még hálás pillantást is kapott.
Había levantado suavemente la sábana con la cabeza.
Finoman felemelte a fejével az ágyneműt.
Quería ver si a su hermana le gustaba el arreglo.
Látni akarta, hogy a húgának tetszik-e az elrendezés.

Las dos primeras semanas fueron las más difíciles para los padres.
Az első két hét volt a legnehezebb a szülők számára.
No pudieron animarse a entrar y verlo.
Nem tudták rávenni magukat, hogy bejöjjenek és meglátogassák.
Escuchó muchas de sus conversaciones en ese momento.
Sok beszélgetésüket kihallgatta ez idő alatt.
Reconocieron plenamente todo lo que hacía la hermana.

Teljes mértékben elismerték mindazt, amit a nővér tett.

Aunque solían estar molestos con ella a menudo.

Annak ellenére, hogy régen gyakran bosszankodtak miatta.

Porque ella parecía ser una chica un tanto inútil.

Mert kissé haszontalan lánynak tűnt.

Ahora eran ellos quienes esperaban al otro lado de la habitación.

Most ők várakoztak a szoba másik oldalán.

Y fue ella quien entró en la habitación a hacer todo.

És ő volt az, aki bement a szobába, hogy mindent megcsináljon.

Tan pronto como salió quisieron saberlo todo.

Amint kijött, mindent tudni akartak.

Tenía que decirles exactamente cómo era la habitación.

Pontosan el kellett mondania nekik, hogy néz ki a szoba.

¿Qué comió Gregor? ¿Cómo se comportó esta vez?

„Mit evett Gregor? Hogyan viselkedett ezúttal?"

"¿Quizás se notó una ligera mejoría?"

"Talán volt némi javulás, amit észre lehetett venni?"

La madre, por cierto, fue en realidad más valiente.

Az anya egyébként valójában bátrabb volt.

Y por supuesto, era su propio hijo el que estaba dentro de la habitación.

És persze a saját fia volt a szobában.

En realidad quería visitar a Gregor relativamente pronto.

Valójában viszonylag hamar meg akarta látogatni Gregort.

Pero al principio el padre y la hermana la frenaron.

De az apa és a nővér eleinte visszatartották.

Le dieron argumentos muy racionales para que no fuera.

Nagyon racionális érveket hoztak fel amellett, hogy ne menjen el.

Gregor escuchó con mucha atención sus razonamientos.

Gregor nagyon figyelmesen hallgatta az érvelésüket.

Y él aceptó el razonamiento tanto como su madre.

És ugyanúgy elfogadta az érvelést, mint az anyja.

Pero más tarde hubo que retenerla por la fuerza.

Később azonban erőszakkal kellett visszatartani.

"¡Déjame entrar con Gregor, es mi desdichado hijo!"

"Engedj be Gregorhoz, ő az én szerencsétlen fiam!"

-¿No entiendes que tengo que ir a verlo?

– Nem érted, hogy el kell mennem hozzá?

Gregor también se dejó convencer por los argumentos de su madre.

Gregort anyja érvei is meggyőzték.

Quizás tenía razón: sería bueno que entrara.

Talán igaza volt; jó lenne, ha bejönne.

Venir a verlo todos los días sería demasiado.

Túl sok lenne minden nap úgy tenni, mintha ő lenne.

Pero verlo una vez a la semana podría ser suficiente.

De elég lehet hetente egyszer találkozni vele.

Ella podría entender las cosas mucho mejor que la hermana.

Lehet, hogy sokkal jobban érti a dolgokat, mint a nővére.

A pesar de todo su coraje, ella todavía era sólo una niña.

Minden bátorsága ellenére még mindig csak egy gyerek volt.

Quizás la imprudencia infantil la impulsó a aceptar esa tarea.

Talán gyerekes vakmerőség vitte rá, hogy elvállalja a feladatot.

Pero el deseo de Gregor de ver a su madre pronto se hizo realidad.

De Gregor kívánsága, hogy lássa az anyját, hamarosan valóra vált.

Durante el día Gregor se mantenía alejado de la ventana.

Napközben Gregor távol maradt az ablaktól.

Lo hizo por consideración a sus padres.

Ezt szülei iránti tekintettel tette.

No tenía mucho espacio para arrastrarse por el suelo.

Nem sok helye volt a padlón mászkálni.

Le resultaba difícil permanecer quieto durante la noche.

Nehezére esett nyugton feküdnie éjszaka.

Comer ya no le producía el más mínimo placer.

Az evés már a legcsekélyebb örömet sem okozta neki.

Por supuesto que tenía que encontrar alguna manera de distraerse.

Persze, valahogy ki kellett találnia a módját, hogy elterelje a figyelmét.

Para entretenerse se arrastraba por las paredes.

Hogy elszórakozza magát, fel-alá mászott a falakon.

Y también se arrastró por el techo, boca abajo.

És a mennyezeten is végigkúszott, fejjel lefelé.

Estaba especialmente feliz cuando colgaba del techo.

Különösen boldog volt, amikor a mennyezetről lógott.

Fue completamente diferente a estar tendido en el suelo.

Teljesen más volt, mint a földön feküdni.

Le resultó mucho más fácil respirar en esta posición.

Ebben a pozícióban sokkal könnyebben kapott levegőt.

Una ligera pero agradable vibración recorrió su cuerpo.

Egy enyhe, de kellemes rezgés futott végig a testén.

A veces incluso se relajaba demasiado en su felicidad.

Néha túlságosan is belefeledkezett a boldogságába.

A veces se distraía y se soltaba del techo.

Néha elterelődött a figyelme, és elengedte a plafont.

Y para su propia sorpresa, aterrizó de nuevo en el suelo.

És legnagyobb meglepetésére visszaesett a földre.

Pero tenía mucho mejor control de su cuerpo que antes.

De sokkal jobban uralta a testét, mint korábban.

Para que ahora no se haga daño con caídas tan fuertes.

Így most nem sérült meg ilyen nagy esésektől.

La hermana notó inmediatamente el nuevo placer de Gregor.

A húg azonnal észrevette Gregor új örömét.

Y había restos de adhesivo donde se había arrastrado.

És ragasztónyomok voltak ott, ahol kúszott.

Aquí nuevamente la hermana pensó en el bienestar de Gregor.

A nővér itt ismét Gregor jólétére gondolt.

Quizás apreciaría más espacio para gatear.

Talán értékelné, ha több hely lenne a mászkáláshoz.

Y la idea se instaló firmemente en su cabeza.

És az ötlet szilárdan meggyökeresedett a fejében.

Algunos de los muebles de gran tamaño impedían su libre movimiento.

Néhány nagy bútor akadályozta a szabad mozgását.

Ya no trabajaba así que no necesitaba el escritorio.

Már nem dolgozott, így nem volt szüksége az íróasztalra.

Y la caja ocupaba más espacio del necesario. ***

És a doboz több helyet foglalt el, mint amennyi kellett volna.

***

La hermana no era capaz de mover estas cosas sola.

A nővér nem tudta egyedül mozgatni ezeket a dolgokat.

Por supuesto que no se atrevió a pedirle ayuda al padre.

Természetesen nem mert segítséget kérni az apjától.

La criada seguramente tampoco la habría ayudado.

A szobalány biztosan sem segített volna neki.

La nueva criada era de hecho un año más joven que ella.

Az új szobalány valójában egy évvel fiatalabb volt nála.

Ella había asumido valientemente el papel de ex sirvienta.

Bátran elvállalta az egykori szobalány szerepét.

Pero había un privilegio que ella insistía en tener.

De volt egy kiváltság, amihez ragaszkodott.

Ella quería mantener la cocina cerrada en todo momento.

Azt akarta, hogy a konyha mindig zárva legyen.

Así que la hermana no tuvo más remedio que preguntarle a su madre.

Így a nővérnek nem volt más választása, mint megkérdezni az anyját.

Con gritos de emocionada alegría la madre acudió a ayudar.

Az anya izgatott örömkiáltásokkal sietett segítségül.

Pero ella se quedó en silencio en la puerta de la habitación de Gregor.

De Gregor szobájának ajtajában elhallgatott.

La hermana comprobó que todo en la habitación estuviera bien.

A nővér ellenőrizte, hogy minden rendben van-e a szobában.

Gregor había tirado apresuradamente la sábana aún más fuerte.

Gregor sietősen még szorosabbra húzta a lepedőt.

Aunque la sábana todavía parecía colocada al azar.

Bár az ágynemű még mindig véletlenszerűen elrendezettnek tűnt.

Y sólo entonces dejó que su madre entrara en la habitación.

És csak ezután engedte be anyját a szobába.

Gregor tamb¡én se abstuvo de espiar desde debajo de la sábana.

Gregor tartózkodott attól is, hogy a lepedő alól kémleljen.

Decidió no volver a ver a su madre esta vez.

Úgy döntött, ezúttal nem látja meg az anyját.

Gregor estaba muy contento de que ella hubiera entrado.

Gregor örült, hogy egyáltalán bejött.

"Pasa, no puedes verlo", dijo la hermana.

– Gyere be, nem láthatod – mondta a nővér.

Gregor supuso que ella llevaba a su madre de la mano.

Gregor feltételezte, hogy kézen fogva vezeti az anyját.

Entonces escuchó a las dos mujeres débiles moviendo los muebles.

Aztán meghallotta, hogy a két gyenge nő a bútorokat mozgatja.

La hermana parecía reclamar la mayor parte del trabajo para ella misma.

A nővér látszólag a munka nagy részét magának követelte.

Su madre temía que se esforzara demasiado.

Az anyja attól félt, hogy túl fogja magát erőltetni.

Pero la hermana no hizo caso a estas advertencias.

De a nővér nem figyelt ezekre a figyelmeztetésekre.

Pero incluso después de quince minutos el progreso era muy lento.

De még tizenöt perc elteltével is nagyon lassú volt a haladás.

No habían conseguido mover los muebles muy lejos.

Nem sikerült messzire vinniük a bútorokat.

Poco a poco empezaron a sentir una sensación de derrota.

Lassan kezdték érezni a vereség érzését.

La madre fue la primera en admitir la inutilidad.

Az anya ismerte be elsőként a hiábavalóságot.

"Quizás sería mejor dejar la caja aquí."

– Talán jobb lenne itt hagyni a dobozt.

"La caja es demasiado pesada para que podamos moverla
mucho más lejos".
"A doboz túl nehéz ahhoz, hogy sokkal messzebbre tudjunk
vinni."
"Y no terminaremos antes de que llegue tu padre."
– És nem fejezzük be, mielőtt megérkezik az apád.
Dejar la caja aquí le bloquearía aún más el camino.
"Ha itt hagynád a dobozt, még jobban elállnád az útját."
"¿Y podemos estar seguros de que le estamos haciendo un
favor?"
– És biztosak lehetünk benne, hogy szívességet teszünk neki?
Comenzaron a pensar que bien podría ser cierto lo opuesto.
Elkezdték azt hinni, hogy az ellenkezője is igaz lehet.
La visión de la pared vacía pesó mucho en su corazón.
Az üres fal látványa nehéz súlyt ejtett a szívében.
¿Quién diría que Gregor no se sentiría así también?
Mit mondhatnánk arról, hogy Gregor ne érezne így?
"Ya está acostumbrado a los muebles de su habitación."
„Már hozzászokott a szobájában lévő bútorokhoz.”
"Podría sentirse aún más abandonado en una habitación
vacía".
„Egy üres szobában még elhagyatottabbnak érezheti magát.”
Para entonces su voz se había reducido casi a un susurro.
Ekkorra már szinte suttogássá halkult a hangja.
En realidad no sabía el paradero exacto de Gregor.
Valójában nem tudta Gregor pontos hollétét.
Ella no quería ni siquiera que él escuchara el sonido de su
voz.
Azt sem akarta, hogy a férfi még a hangját is hallja.
Aunque ella estaba segura de que él no la entendía.
Bár biztos volt benne, hogy a férfi nem érti őt.
"¿No parecería como si lo hubiéramos abandonado por
completo?"
„Nem úgy tűnne, mintha teljesen feladtuk volna őt?”
"¿No sentirá que lo estamos dejando solo?"
„Nem fogja úgy érezni, hogy egyedül hagyjuk megbirkózni a
nehézségekkel?”

"Deberíamos dejar la habitación exactamente como estaba".
„Pontosan úgy kell elhagynunk a szobát, ahogy volt."
"Al final Gregor volverá con nosotros como antes."
„Gregor végül úgy tér vissza hozzánk, ahogy volt."
"Entonces encontrará que todo sigue en su lugar."
„Akkor majd azt fogja tapasztalni, hogy minden a helyén
van."
"Y olvidará mucho más fácilmente el período interino".
„És sokkal könnyebben elfelejti majd az átmeneti időszakot."
Cuando Gregor escuchó estas palabras se dio cuenta de algo.
Amikor Gregor meghallotta ezeket a szavakat, rájött valamire.
Su mente se había vuelto confusa durante los últimos dos
meses.
Az elmúlt két hónapban teljesen összezavarodott az elméje.
La falta de interacción humana no había sido buena para él.
Az emberi interakció hiánya nem tett jót neki.
Realmente necesitaba la vida monótona en medio de su
familia.
Igazán szüksége volt a családi körben töltött monoton életre.
¿Por qué si no habría hecho una exigencia tan absurda?
Különben miért támasztott volna ilyen értelmetlen követelést?
¿Qué sentido tenía vaciar su habitación?
Mi értelme volt kiüríteni a szobáját?
La cómoda habitación amueblada con muebles heredados.
A kényelmes szoba örökölt bútorokkal berendezett.
¿Por qué querría convertir ese calor conocido en una cueva?
Miért akarná ezt az ismert meleget barlanggá változtatni?
Una cueva donde poder arrastrarse en todas direcciones en
paz.
Egy barlang, ahol békésen mászkálhatott minden irányba.
Pero una cueva en la que olvidó rápidamente su pasado
humano.
De egy barlang, amelyben gyorsan elfelejtette emberi múltját.
Tuvo que preguntarse si ya estaba cerca de olvidar.
Azon tűnődött, hogy vajon már közel jár-e a felejtéshez.
La voz de su madre lo había sacudido y lo había hecho
recordar.

Anyja hangja rázította fel benne az emlékezést.
La voz que no había oído durante tanto tiempo.
A hang, amit oly régóta nem hallott.
No había que quitar nada, todo tenía que quedar.
Semmit sem szabadott eltávolítani; mindennek a helyén kellett maradnia.
Los muebles influyeron positivamente en su condición.
A bútorok pozitívan befolyásolták az állapotát.
Y no podría vivir sin este ancla en el pasado.
És nem boldogulhatott e múlthoz való kapocs nélkül.
Los muebles impedían que se arrastrara sin sentido.
A bútorok megakadályozták az eszméletlen mászkálásban.
Pero eso no fue una pérdida, sino más bien una gran ventaja.
De ez nem veszteség volt, hanem hatalmas előny.
Lamentablemente la hermana tenía una opinión muy diferente.
Sajnos a nővérnek egészen más volt a véleménye.
Ella se había convertido en una especie de portavoz de Gregor.
Valahogy Gregor szóvivőjévé vált.
Por supuesto que su opinión no era del todo injustificada.
Természetesen a véleménye nem volt teljesen megalapozatlan.
Pero aquí la opinión de su madre tuvo que ser contradicha.
De az anyja véleményét itt meg kellett cáfolni.
Ahora no era solo la caja la que había que retirar.
Nem csak a dobozt kellett most eltávolítani.
Ni su escritorio ni el armario podían permanecer allí.
Az íróasztala és a ruhásszekrény sem maradhatott.
Lo único imprescindible era el sofá.
Az egyetlen nélkülözhetetlen dolog a kanapé volt.
Ella no decidió esto sólo por desafío infantil.
Nem csupán gyerekes dacból döntött így.
Tampoco fue su recientemente adquirida confianza en sí misma.
Nem is a nemrég szerzett önbizalma volt az oka.
La nueva confianza que tuvo que trabajar muy duro para ganar.

Az új önbizalom, amiért olyan keményen kellett dolgoznia a győzelemért.

Aunque nadie esperaba que ella pudiera hacerlo.

Annak ellenére, hogy senki sem számított rá, hogy képes lesz rá.

Gregor realmente necesitaba mucho espacio para gatear.

Gregornak tényleg sok helyre volt szüksége a mászáshoz.

Los muebles sólo limitaban el espacio del que disponía.

A bútorok csak behatárolták a rendelkezésre álló helyet.

Ella podía ver estas cosas mejor que la madre.

Jobban látta ezeket a dolgokat, mint az anya.

Pero quizá su espíritu romántico también jugó un papel.

De talán romantikus szelleme is szerepet játszott.

Las niñas de esa edad suelen desarrollar cierto entusiasmo.

Az ilyen korú lányok gyakran lelkesedéssel töltik el az embereket.

Y sienten la necesidad de salirse con la suya siempre que pueden.

És úgy érzik, hogy amikor csak tudják, érvényesíteni kell az akaratukat.

Quizás por eso quería sabotearlo en secreto.

Talán ezért akarta titokban szabotálni őt.

Es aún más aterrador cuando se arrastra por las paredes.

Még félelmetesebb, amikor a falakon mászik.

Los padres ya no se atrevían a entrar en la habitación.

A szülők már nem mertek belépni a szobába.

Ella realmente sería la única cuidadora de su hermano.

Valójában ő lenne a testvére egyetlen gondozója.

Ella no dejó que su madre la persuadiera de lo contrario.

Nem hagyta, hogy anyja rábeszélje az ellenkezőjére.

La madre de Gregor ya se sentía incómoda en la habitación.

Gregor anyja már nyugtalanul érezte magát a szobában.

Pronto dejó de hablar y ayudó nuevamente a su hija.

Hamarosan abbahagyta a beszédet, és ismét segített a lányának.

Con las fuerzas que les quedaban retiraron el armario.

Maradék erejükkel eltávolították a szekrényt.

La cómoda era algo de lo que podía prescindir.

A fiókos szekrény nélkülözhetetlen volt.

Pero el escritorio tendría que quedarse allí por el momento.

De az íróasztalnak egyelőre maradnia kellett.

Mientras las mujeres estaban ausentes, trató de evaluar la habitación.

Amíg a nők elmentek, megpróbálta felmérni a szobát.

Y Gregor asomó la cabeza por debajo del sofá.

És Gregor kidugta a fejét a kanapé alól.

Tenía que ver qué podía hacer con la situación.

Látnia kellett, mit tehet a helyzettel.

Pero fue lo más cuidadoso y considerado posible.

De a lehető legóvatosabb és legfigyelmesebb volt.

Desgraciadamente fue la madre quien regresó primero.

Sajnos az anyuka ért vissza először.

Grete todavía estaba moviendo el armario en la habitación de al lado.

Grete még mindig a ruhásszekrényt pakolgatta a szomszéd szobában.

Pero la madre no estaba acostumbrada a ver a Gregor.

De az anya nem volt hozzászokva Gregor látványához.

Incluso un simple vistazo a él podría haberla enfermado.

Már egy pillantás is rosszul érezhette volna magát tőle.

Gregor se apresuró a retroceder hasta el otro extremo del sofá.

Gregor sietve hátralépett a kanapé túlsó végébe.

Pero no podía retroceder y equilibrar la sábana.

De nem tudott hátralépni és egyensúlyozni az ágyneműt.

El movimiento fue suficiente para llamar la atención de la madre.

A mozdulat elég volt ahhoz, hogy felkeltse az anya figyelmét.

Ella hizo una pausa y se quedó muy quieta por un breve momento.

Megállt, és egy rövid pillanatig mozdulatlanul állt.

Luego se dio la vuelta y salió de la habitación.

Aztán megfordult, és visszament a szobából.

Gregor seguía diciéndose a sí mismo que no había ocurrido nada inusual.

Gregor folyton azt mondogatta magának, hogy semmi különös nem történt.

"Son sólo algunos muebles que se han llevado".

„Csak néhány bútort vittek el."

Pero pronto tuvo que admitir que los acontecimientos le afectaron.

De hamarosan be kellett ismernie, hogy az események őt is érintették.

Las mujeres habían estado diciendo todo lo que estaban haciendo.

A nők mindent elmondtak, amit tettek.

Habían estado caminando de un lado a otro por la habitación.

Ide-oda járkáltak a szobában.

El rayado de todos los muebles en el suelo.

A padlón lévő összes bútor kaparászása.

Se sentía como si lo atacaran desde todos lados.

Úgy érezte, mintha minden oldalról támadnák.

Apretó la cabeza y las piernas lo más fuerte que pudo.

Olyan szorosan húzta be a fejét és a lábait, amennyire csak tudta.

Con todas sus fuerzas presionó su cuerpo contra el suelo.

Teljes erejével a földhöz szorította a testét.

Sabía que no podría soportar todo esto por mucho más tiempo.

Tudta, hogy mindezt már nem sokáig bírja elviselni.

Vaciaron su habitación y se llevaron todo lo que amaba.

Kiürítették a szobáját, és elvitték mindenét, amit szeretett.

Ya se habían llevado la caja que contenía todas sus herramientas.

Már elvitték a ládát, amiben az összes szerszáma volt.

Ahora estaban aflojando su pesado escritorio del suelo.

Most a nehéz íróasztalát lazították fel a földről.

El escritorio en el que había trabajado después de regresar del trabajo.

Az íróasztal, amelyen a munkából való hazatérés után dolgozott.

El escritorio en el que había escrito sus tareas comerciales.

Az íróasztal, amire az üzleti feladatait írta.

El escritorio en el que había hecho sus deberes en la escuela secundaria.

Az asztal, amelyen a középiskolában a házi feladatát írta.

Sí, ya había tenido este pupitre en la escuela primaria.

Igen, már volt ilyen padja az általános iskolában.

Realmente no tuvo tiempo de confirmar sus buenas intenciones.

Valójában nem volt ideje megerősíteni jó szándékaikat.

Aunque ya casi había olvidado que estaban allí.

Bár már majdnem el is felejtette, hogy ott vannak.

Porque trabajaban en silencio, por el cansancio.

Mert a kimerültség miatt csendben dolgoztak.

Estaban demasiado cansados para anunciar sus movimientos ahora.

Túl fáradtak voltak ahhoz, hogy bejelentsék a mozgásukat.

Lo único que oyó fueron sus pesados pasos en el suelo.

Csak a nehéz lépteiket hallotta a padlón.

Justo en ese momento estaban apoyados sobre la caja.

Épp abban a pillanatban nekidőltek a doboznak.

Y entonces Gregor salió de debajo del sofá.

És ekkor bukkant elő Gregor a kanapé alól.

Cambió la dirección en la que corría cuatro veces.

Négyszer változtatta meg a futás irányát.

No podía decidir qué elemento debía salvarse primero.

Nem tudta eldönteni, melyik tárgyat kell először megmentenie.

De repente su atención se dirigió a la pared vacía.

Hirtelen az üres falra vonta magára a figyelmét.

Lo único que le quedó fue la fotografía de la dama con pieles.

Csak a szőrös hölgy képét hagyták meg neki.

Se arrastró hasta la imagen para presionar su cuerpo contra el de ella.

Odakúszott a képhez, hogy testével hozzápréselődjön.
Y su cuerpo cubrió completamente la vista de la imagen.
És a teste teljesen eltakarta a kép látványát.
El vaso lo sostuvo y reconfortó su vientre caliente.
A pohár tartotta a lábán, és megnyugtatta forró gyomrát.
Esta fotografía ya no se la pudieron quitar.
Ezt a képet már nem lehetett elvenni tőle.
Luego giró la cabeza hacia la puerta de la sala de estar.
Aztán a nappali ajtaja felé fordította a fejét.
Iba a observar mientras las mujeres regresaban a la habitación.
Végignézte, ahogy a nők visszatérnek a szobába.
Y no descansaron mucho antes de regresar nuevamente.
És nem sokáig pihentek, mielőtt újra visszatértek.
El brazo de Grete rodeaba a su madre para ayudarla a caminar.
Grete átkarolta anyját, hogy segítsen neki járni.
"¿Qué nos llevamos ahora?" dijo Grete y miró a su alrededor.
„Most mit vigyünk?" – kérdezte Grete, és körülnézett.
Justo en ese momento su mirada se encontró con los ojos de Gregor.
Éppen abban a pillanatban tekintete találkozott Gregoréval.
A pesar del shock, mantuvo la presencia de ánimo.
A sokk ellenére megőrizte a józan eszét.
Probablemente sólo por la presencia de su madre.
Valószínűleg csak az anyja jelenléte miatt.
Ella inclinó su rostro hacia su madre, cubriéndole la vista.
Arcát anyja felé fordította, eltakarva a tekintetét.
Y entonces dijo, aunque temblorosa y desconsiderada:
Aztán remegve és meggondolatlanul így szólt:
-Vamos, ¿no deberíamos volver a la sala de estar?
– Gyerünk, nem mennénk vissza a nappaliba?
Gregor podía comprender fácilmente las intenciones de la hermana.
Gregor könnyen megértette a nővér szándékait.
Su primera prioridad fue poner a su madre a salvo.

Elsődleges feladata az volt, hogy biztonságba helyezze az édesanyját.

Pero luego ella iba a perseguirlo desde la pared.

De aztán le fogja kergetni a falról.

«¡Pues claro que puede intentarlo!», pensó Gregor para sus adentros.

„Hát, megpróbálhatja!" – gondolta magában Gregor.

Se sentó firmemente sobre su imagen y no renunció a ella.

Szilárdan ült a képén, és nem adta fel.

Preferiría haberle saltado en la cara a la hermana.

Inkább a húg arcába ugrott volna.

Pero las palabras de Grete preocuparon aún más a su madre.

De Grete szavai még jobban aggasztották az anyját.

Ella se hizo a un lado para ver lo que le ocultaban.

Félreállt, hogy lássa, mit rejtegetnek előle.

Y vio la mancha marrón en el papel pintado floreado.

És meglátta a barna foltot a virágos tapétán.

Y ella gritó antes de darse cuenta de que era Gregor.

És felsikoltott, mielőtt még rájött volna, hogy Gregor az.

"Oh Dios", gritó con los brazos extendidos.

– Ó, Istenem! – sikította kinyújtott karokkal.

Y ella se dejó caer en el sofá como si se hubiera rendido.

És úgy rogyott le a kanapéra, mintha feladta volna.

—¡Gregor! —gritó la hermana levantando el puño.

„Gregor!" – kiáltotta rá a nővér felemelt ököllel.

Y ella le dirigió una mirada larga, dura y penetrante.

És hosszan, keményen és áthatóan nézett rá.

Esta era la primera vez que hablaba con él directamente.

Ez volt az első alkalom, hogy közvetlenül beszélt vele.

Corrió a la habitación de al lado para conseguir algunas sales aromáticas.

Átrohant a szomszéd szobába, hogy illatos sót hozzon.

Tenía que devolverle la conciencia a su madre.

Vissza kellett hoznia az anyját az eszméletéhez.

Gregor quería ayudar, podría salvar la imagen más tarde.

Gregor segíteni akart, később majd elmentheti a képet.

Pero él se había quedado firmemente pegado al cristal.

De erősen odaszorult az üveghez.

Entonces tuvo que apartarse usando mucha fuerza.

Így aztán nagy erőt kellett bevetve eltépnie magát.

Él también corrió a la habitación de al lado, donde estaba la hermana.

Ő is berohant a szomszéd szobába, ahol a nővér volt.

En el pasado podría haberle dado algún consejo.

Régebben adhatott volna neki egy kis tanácsot.

Pero ahora no podía hacer nada más que quedarse de brazos cruzados y observar.

De most nem tehetett mást, mint tétlenül állt és nézte.

Revolvió el cajón y abrió varias botellas.

Átkutatta a fiókot, és különféle üvegeket nyitott ki.

Y todavía la asustó cuando ella se dio la vuelta.

És még akkor is megijesztette, amikor a lány megfordult.

Una botella cayó al suelo, se rompió y se astilló.

Egy üveg a földre esett, eltört, majd szilánkokra tört.

Una astilla de vidrio golpeó la cara de Gregor y lo hirió.

Egy üvegszilánk Gregor arcába csapódott, és megsérült.

La botella contenía algún tipo de líquido cáustico.

A palack valamilyen maró folyadékot tartalmazott.

Y ahora el líquido corrosivo quemaba la cara de Gregor.

És most a maró folyadék Gregor arcát égette.

Sin embargo, la hermana no tenía tiempo para Gregor en ese momento.

A nővérnek azonban most nem volt ideje Gregorra.

Ella recogió tantas botellas como pudo.

Annyi üveget szedett fel, amennyit csak tudott.

Y ella corrió de nuevo hacia su madre con la medicina.

És visszaszaladt az anyjához a gyógyszerrel.

Ella cerró la puerta con el pie, dejando afuera a Gregor.

Lábával becsapta az ajtót, kizárva Gregort.

Ahora estaba separado de su madre, que estaba potencialmente moribunda.

Most el volt vágva a potenciálisan haldokló anyjától.

Si abriera la puerta, echaría a la hermana.

Ha kinyitná az ajtót, elkergetné a nővért.

Pero por supuesto tuvo que quedarse para cuidar a la madre.

De persze maradnia kellett, hogy gondoskodjon az anyáról.

Ya no podía hacer nada más que esperarlos.

Most már nem tehetett mást, mint várta őket.

Acosado por el autorreproche y la ansiedad, comenzó a gatear.

Önvád és szorongás gyötörte, ezért kúszni kezdett.

Se arrastró por todas partes: las paredes, los muebles, el techo.

Mindenhová mászott: a falakon, a bútorokon, a mennyezeten.

Sintió como si toda la habitación girara a su alrededor.

Úgy érezte, mintha az egész szoba forogna körülötte.

Finalmente, desesperado y mareado, volvió a caer.

Végül kétségbeesésében és szédülésében visszaesett a földre.

Y cayó justo encima de la gran mesa del comedor.

És egyenesen a nagy étkezőasztalra esett.

Pasó algún tiempo tendido allí, entumecido e incapaz de moverse.

Egy ideig ott feküdt, zsibbadtan és mozdulni képtelenül.

Estaba exhausto por todo lo que el día le había traído.

Kimerült volt mindaztól, amit ez a nap ráhozott.

Todo estaba tranquilo, pero tal vez eso era una buena señal.

Csend volt mindenhol, de talán ez jó jel volt.

Entonces, rompiendo el silencio, sonó el timbre de la puerta de afuera.

Aztán, megtörve a csendet, megszólalt a kint lévő csengő.

La criada, por supuesto, se había encerrado en su cocina.

A szobalány természetesen bezárkózott a konyhába.

Así que la hermana era la única que podía abrir la puerta.

Így a nővér volt az egyetlen, aki kinyithatta az ajtót.

"¿Qué pasó?" fue lo primero que preguntó el padre.

„Mi történt?" – volt az első kérdés, amit az apa kérdezett.

La aparición de Grete probablemente le había dicho todo.

Grete külseje valószínűleg mindent elárult neki.

La voz de Grete se volvió apagada y apagada mientras hablaba.

Grete hangja tompává és unalmassá vált, miközben beszélt.

Ella debió haber presionado su cara contra el pecho de su padre.

Biztosan az apja mellkasához nyomta az arcát.

"La madre estaba inconsciente, pero ahora se siente mejor".

– Az anya eszméletlen volt, de most már jobban van.

—Gregor ha escapado —añadió, tal como él esperaba.

„Gregor megszökött" – tette hozzá, amire számított is.

"Siempre te dije que algún día se escaparía."

– Mindig mondtam, hogy egy nap meg fog szökni.

—Pero vosotras, las mujeres, no quisisteis escucharme, ¿verdad?

– De ti nők nem akartatok rám hallgatni, ugye?

Gregor se dio cuenta rápidamente de cómo vería las cosas su padre.

Gregor gyorsan rájött, hogyan látja majd az apja a dolgokat.

Había malinterpretado el mensaje demasiado breve de Grete.

Félreértelmezte Grete túlságosan rövid üzenetét.

Supuso que Gregor había cometido algún acto de violencia.

Azt feltételezte, hogy Gregor valamilyen erőszakos cselekedetet követett el.

Gregor tenía que encontrar una manera de apaciguar a su padre de alguna manera.

Gregornak valahogyan meg kellett találnia a módját, hogy megnyugtassa apját.

Porque no tuvo tiempo de explicarle las cosas.

Mert nem volt ideje elmagyarázni neki a dolgokat.

Pero de todos modos no habría podido explicar las cosas.

De úgysem tudta volna megmagyarázni a dolgokat.

Entonces huyó hacia la puerta y se pegó a ella.

Így hát az ajtóhoz menekült, és nekidőlt neki.

De esa manera su padre podría verlo desde la antesala.

Így az apja láthatta őt az előszobából.

Y podría ver que tenía las mejores intenciones.

És látni fogja, hogy a legjobb szándék vezérli.

No había necesidad de empujarlo con una escoba.

Nem volt szükség arra, hogy seprűvel lökdössék vissza.

Lo único que el padre habría tenido que hacer era abrir la puerta.

Az apának csak ki kellett volna nyitnia az ajtót.

Pero él no estaba de humor para notar tales sutilezas.

De nem volt kedve ilyen finomságokat észrevenni.

"¡Ahí estás!" exclamó nada más entrar.

„Tessék!" – kiáltotta, amint belépett.

Era como si estuviera enojado y feliz al mismo tiempo.

Mintha egyszerre lett volna dühös és boldog.

Echó la cabeza hacia atrás y miró al padre.

Hátravetette a fejét, és felnézett az apjára.

No se había imaginado que su padre estuviera allí así.

Nem gondolta volna, hogy az apja így áll ott.

Pero en los últimos tiempos había encontrado una nueva distracción.

De az utóbbi időben új szórakozásra lelt.

Gatear ahora ocupaba gran parte de su día.

A mászkálás mostanra a napja nagy részét kitöltötte.

Antes, él estaba al tanto de todas las novedades que ocurrían en el apartamento.

Azelőtt folyamatosan nyomon követte a lakásban történt híreket.

Pero últimamente no había estado prestando tanta atención.

De mostanában nem figyelt rá annyira.

Debería haber estado preparado para afrontar los cambios.

Fel kellett volna készülnie a változásokra.

Sin embargo, ¿era este hombre que tenía delante todavía el padre?

Mindazonáltal, vajon ez a férfi előtte még mindig az apa volt?

¿Era él el mismo hombre que solía yacer cansado en su cama?

Ugyanaz az ember volt, aki fáradtan feküdt az ágyában?

Cuando Gregor ya se había ido de viaje de negocios.

Amikor Gregor már üzleti útra ment.

¿Era él el mismo hombre que lo saludaba por las noches?

Ugyanaz a férfi volt, aki esténként üdvözölte?

Cuando estaba en bata en su sillón.

Amikor köntösben ült a karosszékében.

¿Era el mismo hombre que no pudo levantarse a darle la bienvenida?

Ugyanaz az ember volt, aki nem tudott felkelni, hogy üdvözölje őt?

Entonces, permaneciendo sentado, levantó el brazo en señal de alegría.

Így hát ülve maradt, és örömének jeléül felemelte a karját.

¿Era el mismo hombre con el que salía a caminar de vez en cuando?

Ugyanaz a férfi volt, akivel alkalmanként sétálni ment?

En raras ocasiones: algunos domingos al año o días festivos.

Ritka alkalmakkor: évente néhány vasárnap, vagy ünnepnapokon.

¿Era el mismo hombre que caminaba envuelto en su abrigo?

Ugyanaz az ember volt, aki a nagykabátjába burkolózva sétált?

¿Avanzó lentamente, entre la madre y él?

Lassan előrekúszott, az anyja és őközte?

Y ellos ya caminaban lentamente por causa de él.

És már lassan mentek miatta.

Pero ahora este hombre estaba de pie, fuerte y erguido.

De most ez az ember erősen és egyenesen állt.

Estaba vestido con un uniforme azul con botones dorados.

Kék egyenruhát viselt, aranygombokkal.

Botones que llevan los empleados de las instituciones bancarias.

Gombok, amelyeket a bankintézmények alkalmazottai viselnek.

Por encima del rígido cuello emergía su fuerte papada.

A merev gallér felett előbukkant erős tokája.

Bajo sus pobladas cejas se asomaban sus ojos negros.

Bozontos szemöldöke alól fekete szemei kidülledtek.

Ahora sus ojos parecían penetrantes, frescos y alertas.

Most a tekintete áthatónak, frissnek és ébernek tűnt.

El cabello blanco, anteriormente despeinado, fue peinado hacia abajo.

A korábban kócos, fehér hajat lefésülték.
Y su cabello ahora tenía una meticulosa raya central.
És a haja most gondosan középen elválasztva volt.
Arrojó su sombrero, que estaba adornado con un monograma dorado.
Elhajította a kalapját, amelyet egy arany monogram erősített.
Probablemente era el monograma del banco en el que trabajaba.
Valószínűleg annak a banknak a monogramja volt, amelyiknél dolgozott.
Y el sombrero aterrizó en el sofá, para guardarlo más tarde.
És a kalap a kanapéra esett, hogy később eltegye.
Empujó hacia atrás la parte inferior de la larga chaqueta del uniforme.
Hátratolta a hosszú egyenruhazakó alját.
Y metió los pulgares en los bolsillos de sus pantalones.
És a hüvelykujjait a nadrágja zsebébe dugta.
Y luego, con cara sombría, caminó hacia Gregor.
Aztán komor arccal Gregor felé lépett.
Probablemente ni siquiera sabía lo que planeaba hacer.
Valószínűleg azt sem tudta, mit tervez.
Pero aún así levantó los pies inusualmente alto.
De ennek ellenére szokatlanul magasra emelte a lábát.
Gregor estaba asombrado por el enorme tamaño de sus botas.
Gregort elámulta csizmája hatalmas mérete.
Pero realmente no había tiempo para maravillarse con sus zapatos.
De igazán nem volt idő a cipőjén csodálkozni.
El padre había decidido aplicar una disciplina muy estricta.
Az apa nagyon szigorú fegyelmet határozott el.
Para Gregor sólo era apropiada la mayor severidad.
Gregorral szemben csak a legnagyobb szigor illett.
Él lo sabía desde el primer día de su transformación.
Ezt már az átalakulása első napjától tudta.
Corrió hacia su padre y se detuvo cuando él se detuvo.
Odaszaladt az apjához, és megállt, amikor az megállt.

Corrió hacia él nuevamente cuando se movió de nuevo.
Amikor az újra megmozdult, ismét feléje sietett.
El padre se detuvo un momento y Gregor también.
Az apa egy pillanatra megállt, és Gregor is.
Y corrió hacia adelante nuevamente tan pronto como su padre se movió.
És amint az apja megmozdult, ismét előrerohant.
De esta manera dieron varias vueltas alrededor de la habitación.
Így aztán többször is körbejárták a szobát.
Nadie había conseguido aún ninguna ventaja decisiva.
Döntő előnyre még senki sem tett szert.
No se podría haber tenido la impresión de una persecución.
Nem alakulhatott ki az a benyomás, hogy üldözésről van szó.
Porque todo el acontecimiento se estaba produciendo demasiado lentamente.
Mert az egész esemény túl lassan zajlott.
Gregor había decidido quedarse en tierra.
Gregor úgy döntött, hogy a földön marad.
Podría haber corrido por las paredes y a lo largo del techo.
Felfuthatott volna a falakon és a mennyezet mentén.
Pero no quería provocar al padre innecesariamente.
De nem akarta feleslegesen provokálni az apát.
Una huida así podría haber parecido especialmente perversa.
Egy ilyen szökés különösen gonosznak tűnhetett volna.
Gregor admitió que esta persecución no podía durar mucho más.
Gregor elismerte, hogy ez az üldözés nem tarthat sokáig.
Cada paso debía ir acompañado de una miríada de movimientos.
Minden egyes lépést számtalan mozdulattal kellett fogadni.
Ya empezaba a sentir falta de aire.
Már kezdte érezni a légszomjat.
Incluso antes nunca había tenido unos pulmones completamente confiables.
Már azelőtt sem volt teljesen megbízható tüdeje.

Avanzó tambaleándose, guardando sus fuerzas para la carrera.

Támolyogva haladt előre, minden erejét a futásra tartogatva.

Estaba tan cansado que apenas podía mantener los ojos abiertos.

Annyira fáradt volt, hogy alig bírta nyitva tartani a szemét.

Sus pensamientos se volvieron demasiado lentos para pensar en otras escapatorias.

Gondolatai túl lelassultak ahhoz, hogy más menekülési lehetőségeken gondolkodjon.

Casi había olvidado que los muros estaban a su disposición.

Majdnem el is felejtette, hogy a falak a rendelkezése állnak.

Pero de todos modos las paredes estaban ocultas detrás de los muebles.

De a falakat így is bútorok takarták el.

Y los muebles tenían demasiadas muescas y protuberancias.

És a bútorokon túl sok bevágás és kiemelkedés volt.

Y luego, justo a su lado, rodando, había una manzana.

És akkor, közvetlenül mellette, gurulva, ott termett egy alma.

La manzana debió haberle sido arrojada, se dio cuenta.

Biztosan rádobták az almát, döbbent rá.

Pero no tuvo tiempo de pensar antes de que llegara otra manzana.

De nem volt ideje gondolkodni, mielőtt jött egy újabb alma.

Gregor se quedó paralizado por la nueva estrategia del padre.

Gregor megdermedt a döbbenettől az apa új stratégiája hallatán.

Ya no podía ganar nada intentando huir.

Már semmit sem ért volna a futáspróbálkozással.

El padre había decidido bombardearlo con fruta.

Az apa úgy döntött, hogy gyümölccsel bombázza.

Se había llenado los bolsillos con lo que había en el frutero de la cocina.

A konyhai gyümölcstálból tömte tele a zsebeit.

Sin apuntar especialmente, lanzó manzana tras manzana.

Különösebb célzás nélkül almát szórt az egyik almára.

Estas pequeñas manzanas rojas rodaban por el suelo.

Ezek a kis piros almák gurultak a földön.

Como si estuvieran electrificadas, las manzanas chocaron entre sí.

Mintha elektromos áram öntötte volna el őket, az almák egymásba ütődtek.

Una de las manzanas lanzadas débilmente rozó la espalda de Gregor.

Az egyik gyengén elhajított alma súrolta Gregor hátát.

Afortunadamente para él, la manzana se deslizó sin sufrir daño.

Szerencséjére az alma ártalmatlanul lecsúszott.

Sin embargo, la manzana lanzada después fue más precisa.

Az utána dobott alma azonban pontosabb volt.

Y esta manzana se alojó profundamente en la espalda de Gregor.

És ez az alma mélyen befúródott Gregor hátába.

Gregor quería alejarse del dolor.

Gregor legszívesebben elhúzódott volna a fájdalom elől.

Quizás se pueda escapar de este nuevo e increíble dolor.

Talán meg lehetne szabadulni ettől az új, hihetetlen fájdalomtól.

Quizás un cambio de ubicación aliviaría su agonía.

Talán egy helyváltoztatás enyhítené a kínját.

Pero se sentía como si lo hubieran clavado al suelo.

De úgy érezte, mintha a padlóhoz szegezték volna.

Se estiró, pero sólo debido a su confusión.

Kinyújtózott, de csak a zavarodottsága miatt.

Sólo con su última mirada vio que la puerta se abría.

Csak utolsó pillantásával látta meg az ajtó nyílását.

La madre corrió hacia su hermana, que gritaba.

Az anya kirohant a sikoltozó nővér elé.

La hermana la había desnudado, por lo que estaba en camisa.

A nővér levetkőztette, így csak ingben volt rajta.

Había necesitado respirar en su inconsciencia.

Lélegzetvételre volt szüksége az eszméletlenségében.

Todavía veía cómo la madre corría hacia el padre.

Még mindig látta, ahogy az anya az apa felé rohan.

Sus faldas se deslizaron hasta el suelo, una tras otra.

Szoknyái egymás után csúsztak a földre.

La vio acercarse al padre y tropezar con su falda.

Látta, ahogy a lány közeledik az apjához, és megbotlik a szoknyájában.

Abrazándolo, pidió que le perdonaran la vida a Gregor.

Átölelve őt, kérte Gregor életének megkímélését.

En completa unión con su cuerpo, su vista falló.

Teljes egységben testével, látása elromlott.

Tercera parte
Harmadik rész

Gregor sufrió la grave lesión durante más de un mes.
Gregor több mint egy hónapig szenvedett a súlyos sérüléstől.
La manzana quedó incrustada; nadie se atrevió a sacarla.
Az alma beágyazódott; senki sem merte eltávolítani.
La manzana permaneció en su carne como un recordatorio visible.
Az alma látható emlékeztetőül a húsában maradt.
Pero la manzana también sirvió como recordatorio para el padre.
De az alma emlékeztetőül is szolgált az apának.
Se dio cuenta de que no debía tratar a Gregor como a un enemigo.
Rájött, hogy Gregorral nem szabad ellenségként bánni.
Actualmente su apariencia puede ser triste y repugnante.
Jelenleg a külseje szomorú és undorító lehet.
Pero aún así, seguía siendo un miembro de su familia.
De ettől függetlenül továbbra is a családjuk tagja maradt.
Había que aceptar la reticencia y tolerarla.
A vonakodást le kellett nyelni és el kellett tűrni.
Debido a su herida, es posible que haya perdido su movilidad para siempre.
A sérülése miatt könnyen elvesztheti mozgásképességét örökre.
Todavía gateaba por su habitación, pero mucho más lento.
Még mindig mászkált a szobájában, de sokkal lassabban.
Arrastrarse a cualquier altura estaba fuera de cuestión.
Semmilyen magasságban kúszás szóba sem jöhetett.
Pero Gregor recibió algún tipo de compensación.
Gregor azonban valamilyen formában kártérítést kapott.
Por la noche se le abrió la puerta del salón.
Este kinyitották előtte a nappali ajtaját.
Y consideró que estas reparaciones eran completamente adecuadas.
És úgy érezte, hogy ezek a jóvátételek teljesen megfelelőek.

Antes del anochecer ya había empezado a vigilar la puerta.
Még estére elkezdte figyelni az ajtót.
Él yacía en la oscuridad, invisible desde la sala de estar.
A sötétben feküdt, láthatatlanul a nappaliból.
Pudo ver a toda la familia en la mesa iluminada.
Látta az egész családot a kivilágított asztalnál.
Ahora se le permitió escuchar sus conversaciones.
Most már megengedték neki, hogy meghallgassa a
beszélgetéseiket.
Esto fue bastante diferente a su arreglo anterior.
Ez merőben más volt, mint a korábbi megállapodásuk.
**Las animadas conversaciones de tiempos pasados habían
terminado.**
A korábbi idők élénk beszélgetései véget értek.
Éstas eran las conversaciones que tanto anhelaba.
Ezek voltak azok a beszélgetések, amelyekre régen vágyott.
Cuando dormía solo en pequeñas habitaciones de hotel.
Amikor egyedül aludt kis hotelszobákban.
Cuando tuvo que arrojarse entre las sábanas húmedas.
Amikor bele kellett vetnie magát a nedves ágyneműbe.
**Pero ahora las tardes eran en su mayoría tranquilas y sin
acontecimientos.**
De az esték mostanában többnyire csendesek és
eseménytelenek voltak.
El padre se quedó dormido en su sillón después de cenar.
Az apa vacsora után elaludt a karosszékében.
**Y la madre y la hermana se animaban mutuamente a guardar
silencio.**
Az anya és a nővér pedig csendre intette egymást.
La madre, inclinada hacia la luz, cosía lino.
Az anya, messze a fény fölé hajolva, vásznat varrt.
Ahora ella hace vestidos para una de las tiendas de moda.
Most ruhákat varr az egyik divatüzletnek.
**Al igual que Gregor, la hermana había conseguido un
trabajo como vendedora.**
Gregorhoz hasonlóan a nővér is eladóként vállalt munkát.
Ella estaba aprendiendo taquigrafía y francés por las tardes.

Esténként gyorsírást és franciát tanult.
Para que más adelante pudiera tal vez conseguir un mejor puesto de trabajo.
Hogy később talán jobb állást kapjon.
A veces el padre se despertaba de sus siestas nocturnas.
Az apa néha felébredt az esti szunyókálásból.
"¡Cariño, ya llevas un buen rato cosiendo hoy!"
"Drágám, már olyan sokáig varrtál ma!"
Parecía haber olvidado que había estado durmiendo.
Úgy tűnt, elfelejtette, hogy aludt.
Pero inmediatamente volvió a caer en un sueño profundo.
De azonnal újra visszaesett az álomba.
Y la madre y la hermana se sonrieron cansadamente.
Az anya és a nővér fáradtan egymásra mosolyogtak.
El padre había desarrollado una extraña y nueva terquedad.
Az apa furcsa, újfajta makacsságot fejlesztett ki.
Incluso en casa se negó a quitarse el uniforme de sirviente.
Még otthon sem volt hajlandó levenni a szolgai egyenruháját.
Y su bata colgaba inútilmente en la percha.
A köntöse pedig hasztalanul lógott a fogason.
Así pues, el padre dormía, completamente vestido, en su sillón.
Így az apa teljesen felöltözve aludt el a karosszékében.
Era como si siempre estuviera dispuesto a prestar su servicio.
Mintha mindig készen állt volna a szolgálatára.
Como si estuviera esperando la voz de su superior.
Mintha csak a felettese hangjára várt volna.
Esto provocó que su uniforme perdiera su limpieza.
Emiatt az egyenruhája elvesztette tisztaságát.
Aunque el uniforme tampoco era nuevo cuando lo recibió.
Bár az egyenruha sem volt új, amikor megkapta.
Y la madre hizo todo lo posible para cuidar el uniforme.
Az anya pedig mindent megtett, hogy vigyázzon az egyenruhára.
Gregor pasaba tardes enteras mirando este uniforme.
Gregor egész estéket töltött azzal, hogy ezt az egyenruhát nézegette.

Observó cómo el anciano dormía de manera muy incómoda.

Nézte, ahogy az öregember igen kényelmetlenül alszik.

Pero mientras dormía también notó algo pacífico.

Ám álmában valami békés dolgot is észrevett.

Cuando el reloj dio las diez la madre intentó despertarlo.

Amikor az óra tízet ütött, az anya megpróbálta felébreszteni.

Ella habló en voz baja y lo convenció de ir a la cama.

Halkan beszélt, és rábeszélte, hogy feküdjön le.

Porque dormir en el sillón no era dormir de verdad.

Mert a karosszékben alvás nem volt igazi alvás.

Iba a tener que empezar a trabajar a las seis en punto.

Hat órakor kellett volna elkezdenie dolgozni.

Así que realmente necesitaba dormir lo mejor posible.

Szóval tényleg a lehető legjobban kellett aludnia.

Pero una nueva forma de terquedad se apoderó de él.

De egy újfajta makacsság ragadott magával.

**Convertirse en sirviente había comenzado a tener ese efecto
en él.**

A szolgaság kezdett ilyen hatással lenni rá.

Así que siempre insistía en quedarse más tiempo en la mesa.

Így mindig ragaszkodott hozzá, hogy tovább maradjon az
asztalnál.

**Aunque con regularidad volvía a quedarse dormido en su
silla.**

Bár rendszeresen újra elaludt a székében.

Y sólo con la mayor dificultad pudo ser movido.

És csak a legnagyobb nehézség árán lehetett megmozdítani.

Tuvieron que decirle que la cama sería mejor para él.

Meg kellett neki mondani, hogy az ágy jobb lesz neki.

**Madre y hermana tuvieron que insistir con pequeñas
advertencias.**

Anyának és nővérének apró figyelmeztetésekkel kellett
ragaszkodniuk hozzá.

**Durante quince minutos se limitó a menear lentamente la
cabeza.**

Tizenöt percig csak lassan rázta a fejét.

Y mantuvo los ojos cerrados y se negó a levantarse.

És csukva tartotta a szemét, és nem volt hajlandó felkelni.
La madre tiró de su manga, suavemente, pero con firmeza.
Az anya gyengéden, de határozottan megrántotta az ingujját.
Y ella susurró palabras halagadoras en sus oídos cansados.
És hízelgő szavakat suttogott fáradt fülébe.
La hermana abandonó la tarea que tenía entre manos para ayudar a su madre.
A nővér otthagyta a feladatát, hogy segítsen az anyjának.
Pero ninguno de sus esfuerzos funcionó con el padre.
De egyik erőfeszítésük sem használt az apánál.
Se hundió aún más en su silla, preparado para dormir.
Még mélyebbre rogyott a székébe, készen az alvásra.
Y finalmente las mujeres lo agarraron por las axilas.
És végül a nők megragadták a hónalja alatt.
Abrió los ojos y los miró alternativamente.
Kinyitotta a szemét, és felváltva nézte őket.
"¡Qué vida ésta!" se quejó al irse a dormir.
„Micsoda élet ez!" – panaszkodott lefekvés közben.
"¿Es esta la paz que me ha sido dada en mi vejez?"
„Ez lenne az a békesség, amit öregkoromban kaptam?"
Pero entonces, apoyándose en las dos mujeres, se levantó torpemente.
De aztán a két nőre támaszkodva esetlenül felállt.
Actuó como si llevara la carga más pesada.
Úgy tett, mintha a legnehezebb terhet cipelné.
Dejó que las dos mujeres lo guiaran hasta el final de la habitación.
Hagyta, hogy a két nő a szoba végébe vezesse.
Allí les deseó buenas noches y continuó su camino.
Ott jó éjszakát kívánt nekik, majd továbbment egyedül.
Pero la madre rápidamente arrojó su kit de costura.
De az anya sietve elhajította a varrókészletét.
Y la hermana también dejó el bolígrafo y el bloc de notas.
És a húg is letette a tollat és a jegyzettömböt.
Y corrieron detrás del padre para ayudarle aún más.
És az apa mögé futottak, hogy tovább segítsenek neki.

¿Quién en esta familia sobrecargada de trabajo tenía tiempo para Gregor?

Kinek volt ideje Gregorra ebben a túlterhelt családban?

¿Quién podría haberle prestado más atención de la necesaria?

Ki szentelhetett volna neki több figyelmet a kelleténél?

El presupuesto familiar se fue restringiendo cada vez más.

A háztartási költségvetés egyre szűkebbé vált.

Al final, para ahorrar dinero, tuvieron que despedir a la criada.

Végül, hogy pénzt takarítsanak meg, el kellett bocsátaniuk a szobalányt.

Fue reemplazada por una mujer de cabello blanco y huesos gruesos.

Egy vastag csontú, ősz hajú nő váltotta.

Pero esta mujer venía sólo por la mañana y por la tarde.

De ez a nő csak reggel és este jött.

Y todo el trabajo más pesado y duro quedó guardado para ella.

És a legnehezebb és legkeményebb munkát is neki szánták.

La madre se encargaba de todos los demás quehaceres.

Minden más házimunkát az anya végzett.

Incluso ocurrió que se vendieron varias joyas familiares.

Még az is előfordult, hogy különféle családi ékszereket adtak el.

Joyas que las mujeres lucieron felizmente durante las celebraciones.

Az ékszereket, amelyeket a nők boldogan viseltek az ünnepségek alatt.

Gregor aprendió esto en una de las discusiones generales.

Gregor ezt az egyik általános beszélgetésből tudta meg.

La mayor queja, sin embargo, fue otra.

A legnagyobb panasz azonban valami más volt.

El apartamento era demasiado grande, pero no podían mudarse.

A lakás túl nagy volt, de nem tudtak kiköltözni.

No había manera de que pudieran reubicar a Gregor.

Lehetetlen volt, hogy Gregort áthelyezzék.

Pero Gregor se dio cuenta de que no era sólo una consideración.

De Gregor rájött, hogy nem csak a megfontolásról van szó.

Algo más les impidió mudarse a otro lugar.

Valami más megakadályozta őket abban, hogy máshová költözzenek.

Podría haber sido fácilmente transportado en una caja adecuada.

Megfelelő dobozban könnyen szállítható lett volna.

Sus sentimientos de completa desesperanza los frenaron.

A teljes reménytelenség érzése visszatartotta őket.

No querían admitir que la desgracia les había golpeado.

Nem akarták beismerni, hogy balszerencse érte őket.

Lo que el mundo exige de los pobres, ellos lo cumplen.

Amit a világ a szegény emberektől követel, azt ők teljesítették.

El padre le preparó el desayuno al pequeño empleado del banco.

Az apa reggelit hozott a kis banktisztviselőnek.

La madre se sacrificó por la ropa de desconocidos.

Az anya feláldozta magát idegenek mosott ruhájáért.

La hermana corría de un lado a otro para atender los pedidos de los clientes.

A nővér ide-oda rohangált a vevők rendeléseiért.

Pero ya no tenían fuerzas para hacer más.

De egyszerűen nem volt erejük többet tenni.

La herida en la espalda de Gregor comenzó a doler aún más.

Gregor hátán a seb még jobban fájni kezdett.

Cada noche, la madre y la hermana llevaban al padre a la cama.

Minden este anya és nővére ágyba vitték az apát.

Dejaron su trabajo donde estaba y se sentaron juntos.

Ott hagyták a munkájukat, ahol volt, és együtt ültek.

Y se acercaron más y se sentaron mejilla contra mejilla.

És közelebb húzódtak egymáshoz, és arccal arcnak ültek.

La madre señaló la habitación desde donde él observaba.

Az anya arra a szobára mutatott, ahonnan a fiú figyelte.

"¿Podrías cerrar la puerta?" le preguntó a la hermana.
„Becsuknád az ajtót?" – kérdezte a nővértől.
Y entonces Gregor se quedó solo otra vez en la oscuridad.
És akkor Gregor ismét egyedül maradt a sötétben.
Y en la habitación de al lado la mujer mezcló sus lágrimas.
A szomszéd szobában pedig a nő könnyeket hullatott.
O bien se quedaban sentados con los ojos secos,
simplemente mirando la mesa.
Vagy száraz szemmel ültek, és csak az asztalt bámulták.
Gregor apenas durmió, ni de noche ni de día.
Gregor alig aludt valamit, sem éjjel, sem nappal.
A menudo pensaba en cómo podría ayudar a la familia.
Gyakran gondolt arra, hogyan segíthetne a családon.
Pensó en ganar dinero nuevamente para ellos.
Arra gondolt, hogy újra megkeresi nekik a pénzt.
Pensó en hacer lo que solía hacer por ellos.
Arra gondolt, hogy megteszi értük azt, amit régen szokott.
En sus pensamientos regresó el representante autorizado.
Gondolataiban visszatért a meghatalmazott képviselő.
Y esta vez el jefe también vino al apartamento.
És ezúttal a főnök is bejött a lakásba.
Y los oficinistas y los aprendices también estaban allí.
És a hivatalnokok és a tanoncok is ott voltak.
Incluso el lento empleado de la oficina vino a verlo.
Még a lassú észjárású irodai szolgáló is meglátogatta.
Había dos o tres amigos de otros negocios.
Volt két-három barátom más vállalkozásokból.
Una de las camareras de un hotel de provincias.
Egy vidéki szálloda egyik szobalánya.
Un recuerdo querido y fugaz al que intentó aferrarse.
Egy kedves és múlandó emlék, amihez próbált ragaszkodni.
Una cajera de una sombrerería para quien tenía intenciones.
Egy kalapbolt pénztárosa, akivel kapcsolatban szándékai
voltak.
Pero había sido un poco lento en ganar su aprobación.
De egy kicsit túl lassú volt ahhoz, hogy elnyerje a tetszését.

Todos ellos aparecieron en sus pensamientos, mezclados con desconocidos.
Mindannyian megjelentek a gondolataiban, idegenekkel keveredve.
Y otros no aparecieron, ya estaban olvidados.
És mások nem jelentek meg; már elfeledkeztek róluk.
Pero no le ayudaron a él ni tampoco a la familia.
De nem segítettek neki, és a családnak sem.
Eran inaccesibles y él se alegró cuando se fueron.
Elérhetetlenek voltak, és örült, amikor eltűntek.
No siempre estaba de humor para preocuparse por la familia.
Nem mindig volt kedve aggódni a család miatt.
Y se llenó de rabia por la falta de atención.
És düh töltötte el a figyelem hiánya miatt.
Y no podía imaginar nada que le apeteciera.
És el sem tudott képzelni semmi olyat, amihez étvágya lett volna.
Pero aún así hizo planes para entrar en la despensa.
De azért terveket szőtt a kamra betörésére.
Y él iba a tomar todo lo que se merecía.
És mindent el akart venni, amit megérdemelt.
La hermana ya no hacía ningún esfuerzo especial por él.
A nővér már nem tett különösebb erőfeszítéseket érte.
Ella ya no pasaba el tiempo pensando en complacerlo.
Már nem gondolt arra, hogy örömet szerezzen neki.
Antes de ir a trabajar, rápidamente metió algo de comida en la habitación.
Munka előtt gyorsan betolt valami ételt a szobába.
Y por la noche volvió a barrer rápidamente la comida.
És este gyorsan újra felsöpörte az ételt.
Ya no se daba cuenta de si había comido o no.
Hogy evett-e vagy sem, már nem vette észre.
En la actualidad, la mayoría de las veces la comida se dejaba intacta.
Mostanában az étel többnyire érintetlenül maradt.
Ella todavía barría rápidamente la habitación por la noche.

Este még mindig gyorsan végigsöpört a szobán.

Pero ahora hizo lo mínimo, lo más rápido posible.

De most a legszükségesebbet tette, a lehető leggyorsabban.

Quedaron vetas de suciedad corriendo por las paredes.

A falakon koszcsíkok húzódtak.

Bolas de polvo y basura quedaron tiradas en el suelo.

Por- és szemétgolyók hevertek a padlón.

Gregor mostró su desaprobación por su falta de cuidado.

Gregor rosszallását fejezte ki a nő gondatlansága miatt.

Se giró en un ángulo particularmente significativo.

Különösen jelentős szögben fordult el.

Pero podría haber permanecido en el puesto durante semanas.

De hetekig is maradhatott volna ebben a pozícióban.

Su hermana no habría notado su insatisfacción.

A húga észre sem vette volna az elégedetlenségét.

Ella veía la suciedad tan bien como él, o incluso mejor.

Éppoly jól látta a földet, mint a férfi, ha nem jobban.

Pero ella había decidido dejar la tierra donde estaba.

De úgy döntött, ott hagyja a földet, ahol van.

En ese momento adoptó una sensibilidad completamente nueva.

Abban az időben teljesen új érzékenységet sajátított el.

Ella había hecho de la limpieza de la habitación de Gregor su responsabilidad.

Gregor szobájának takarítását a saját felelősségévé tette.

La familia se sintió conmovida por su amable consideración.

A családot meghatotta a kedves figyelmessége.

Una vez, la madre le había dado a su habitación una limpieza a fondo.

Egyszer az anya alaposan kitakarította a szobáját.

Sólo después de utilizar unos cuantos baldes de agua lo consiguió.

Csak néhány vödör víz felhasználása után sikerült neki.

Sin embargo, la nueva humedad en la habitación perjudicó a Gregor.

A szobában lévő új nedvesség azonban ártott Gregornak.

Y él yacía ancho, amargado e inmóvil en el sofá.

És szélesen, keserűen és mozdulatlanul feküdt a kanapén.

Pero ese fue sólo su primer castigo por ayudar.

De ez csak az első büntetése volt a segítségnyújtásért.

La hermana notó rápidamente el cambio en la habitación de Gregor.

A nővér gyorsan észrevette a változást Gregor szobájában.

Y ella corrió a la sala, extremadamente insultada.

És berohant a nappaliba, rendkívül sértődötten.

Su madre levantó las manos y trató de implorarle.

Az anyja felemelte a kezét, és könyörögni próbált neki.

Pero a pesar de una explicación sincera, ella rompió a llorar.

De az őszinte magyarázat ellenére sírva fakadt.

El padre, por supuesto, se sobresaltó y se levantó de la silla.

Az apa természetesen megriadva pattant fel a székéből.

Y los dos padres miraban asombrados e impotentes.

A két szülő pedig döbbenten és tehetetlenül nézte.

Y con el tiempo sus emociones también se agitaron.

És végül az érzelmeik is feszültté váltak.

El padre reprochó a la madre lo que había hecho.

Az apa szemrehányást tett az anyának a tetteiért.

"Deberías haber dejado la habitación para que Grete la limpiara."

„Ki kellett volna hagynod a szobát, hogy Grete takaríthasson.”

Grete le gritó a la madre por limpiar su habitación.

Grete ráordított az anyjára, amiért kitakarította a szobáját.

"¡Nunca más podrás limpiar su habitación!"

"Soha többé nem takaríthatod ki a szobáját!"

La madre intentó arrastrar al padre al dormitorio.

Az anya megpróbálta berángatni az apát a hálószobába.

La hermana se quedó en la habitación, temblando y sollozando.

A nővért remegve és zokogás közben hagyták a szobában.

Y golpeó la mesa con sus pequeños puños.

És kis ökleivel az asztalra csapott.

Y Gregor, enojado, siseó fuertemente contra todos ellos.

Gregor pedig hangosan sziszegett dühében mindannyiukra.

¿Por qué a nadie se le ocurrió cerrarle la puerta?

Miért nem jutott senkinek eszébe becsukni előtte az ajtót?

Podrían haberle ahorrado esta vista y este ruido.

Megkímélhették volna ettől a látványtól és zajtól.

La hermana estaba agotada después de llegar a casa del trabajo.

A nővér kimerült volt, miután hazaért a munkából.

Y cuidar a Gregor era aún más trabajo para ella.

Gregorról való gondoskodás pedig még több munkát jelentett számára.

Pero eso no significaba que la madre debía haberlo hecho.

De ez nem jelentette azt, hogy az anyának kellett volna megtennie.

A Gregor, por el contrario, no hay que descuidarlo.

Gregort viszont nem szabad elhanyagolni.

Pero ahora tenían una nueva criada que podía hacer esas cosas.

De most volt egy új szobalányuk, aki ilyesmit meg tudott csinálni.

Una viuda anciana que tenía una estructura ósea robusta.

Egy idős özvegy, akinek robusztus csontozata volt.

Una estatura que la ayudó a sobrevivir a su difícil vida.

Egy olyan kisugárzás, ami segített neki túlélni a nehéz életet.

Ella no sentía ninguna aversión real hacia la apariencia de Gregor.

Nem igazán ellenszenvvel viseltetett Gregor külseje iránt.

Ella había abierto accidentalmente la puerta de la habitación de Gregor.

Véletlenül kinyitotta Gregor szobájának ajtaját.

No fue por ninguna curiosidad particular sobre la habitación.

Nem a szoba iránti különösebb kíváncsiságból fakadt.

Ella simplemente estaba haciendo su trabajo y por casualidad abrió la puerta.

Csak a dolgát végezte, és véletlenül kinyitotta az ajtót.

Gregor, por supuesto, quedó completamente sorprendido por ella.

Gregort természetesen teljesen meglepte a lány.

No lo perseguían, sino que corría de un lado a otro.

Nem üldözték, de ide-oda szaladgált.

Y ella simplemente cruzó sus brazos y lo observó gatear.

És csak keresztbe fonta a karját, és nézte, ahogy mászik.

Desde entonces ella siempre le abría un poquito la puerta.

Azóta mindig kinyitotta neki egy kicsit az ajtót.

Una mañana ella entró para ver cómo estaba.

Egyszer reggel benézett, hogy megnézze, hogy van.

Y por la tarde ella fue a ver cómo estaba antes de irse.

És este, mielőtt elment, megnézte, hogy van-e.

Al principio ella también intentó llamarlo para que viniera con ella.

Először megpróbálta őt is hívni, hogy jöjjön el hozzá.

"¡Ven aquí, viejo escarabajo pelotero!", solía decir.

„Gyere ide, vén ganajtúró bogár!" – szokta mondogatni.

O ella dijo, "¡mira ese viejo escarabajo pelotero!", amigablemente.

Vagy azt mondta barátságosan: „Nézd csak a vén ganajtúró bogarat!".

Gregor nunca reaccionó cuando le hablaron de esa manera.

Gregor soha nem reagált, ha így beszéltek vele.

Él permaneció allí, sin moverse, y la ignoró.

Ott maradt, mozdulatlanul, és tudomást sem vett róla.

"Si le hubieran dicho cómo hacer correctamente su trabajo."

„Bárcsak megmondták volna neki, hogyan kell rendesen elvégezni a munkáját."

"En lugar de molestarme debería limpiar mi habitación."

„Ahelyett, hogy zavarna, inkább takarítsa ki a szobámat."

Una mañana temprano una fuerte lluvia golpeó las ventanas.

Egyszer kora reggel heves eső csapódott az ablakoknak.

Quizás la lluvia ya era una señal de la llegada de la primavera.

Talán az eső már a közeledő tavasz előjele volt.

La criada comenzó a hablarle de esa manera una vez más.

A szobalány megint így kezdett beszélni hozzá.

Gregor estaba tan amargado que se giró para mirarla.

Gregor annyira elkeseredett volt, hogy szembefordult a nővel.

Era lento y débil, pero fue una especie de ataque.

Lassú és gyenge volt, de ez egyfajta támadás volt.

La criada, sin embargo, no tenía ningún miedo de Gregor.

A szobalány azonban egyáltalán nem félt Gregortól.

En lugar de eso, levantó una silla que estaba cerca de la puerta.

Ehelyett felemelt egy széket, ami az ajtó közelében volt.

Y ella permaneció allí, tranquilamente, con la boca abierta.

És ott állt, nyugodtan, tátott szájjal.

Sus intenciones eran claras, incluso Gregor podía verlo.

A szándékai világosak voltak, ezt még Gregor is látta.

Y se giró, lentamente, a su posición original.

És lassan visszafordult, visszavette eredeti helyét.

—Entonces no quieres acercarte más, ¿verdad?

– Szóval akkor nem akarsz közelebb jönni, ugye?

Y silenciosamente volvió a poner la silla en la esquina.

És csendben visszatette a széket a sarokba.

Gregor ya casi no comía nada.

Gregor már alig evett valamit.

A veces, mientras caminaba por la habitación, se detenía.

Néha, miközben a szobában sétált, megállt.

Y se encontró junto a la comida preparada para él.

És ott találta magát a neki elkészített étel mellett.

Se llevó la comida a la boca, pero sólo para jugar con ella.

A szájába vette az ételt, de csak azért, hogy játsszon vele.

Y muy a menudo lo escupía de nuevo al cabo de unas horas.

És elég gyakran néhány óra múlva újra kiköpte.

Trató de encontrar una razón para su falta de apetito.

Megpróbált okot találni az étvágytalanságára.

Quizás porque estaba triste por el estado de su habitación.

Talán azért, mert szomorú volt a szobája állapota miatt.

Pero ya se había adaptado a los cambios que se producían en la habitación.

De már megbékélt a szobában bekövetkezett változásokkal.

Recientemente su habitación se había convertido en una especie de almacén.
Az utóbbi időben a szobája egyfajta raktárként szolgált.
Se habían acostumbrado a dejar las cosas allí.
Szokásukká vált, hogy ott hagyják a dolgaikat.
Y ahora quedaban muchas cosas así en su habitación.
És most már sok ehhez hasonló dolog maradt a szobájában.
Porque una habitación del apartamento estaba alquilada.
Mivel a lakás egyik szobáját kiadták.
Tres caballeros serios alquilaban la habitación juntos.
Három komoly úriember bérelte együtt a szobát.
Gregor los vio una vez a través de una rendija en la puerta.
Gregor egyszer csak észrevette őket az ajtó repedésén keresztül.
Llevaban barbas pobladas y estaban vestidos meticulosamente.
Teljes szakálluk volt, és gondosan voltak öltözve.
Eran escrupulosos en mantener todo ordenado.
Gondosan ügyeltek arra, hogy minden rendben legyen.
Su insistencia en el orden no se limitaba a su habitación.
A rend iránti ragaszkodásuk nem állt meg a szobájuknál.
Todo el apartamento tenía que mantenerse perfectamente limpio.
Az egész lakást tökéletesen tisztán kellett tartani.
Eran aún más exigentes con el aspecto de la cocina.
Még jobban odafigyeltek a konyha kinézetére.
Y no podían tolerar ningún desorden innecesario.
És nem tűrhettek el semmilyen felesleges rendetlenséget.
También habían traído consigo sus propios muebles.
Magukkal hozták a saját bútoraikat is.
Por esta razón muchas cosas se habían vuelto superfluas.
Emiatt sok minden feleslegessé vált.
Eran cosas por las que nadie pagaría dinero.
Olyan dolgok voltak ezek, amikért senki sem fizetne pénzt.
Pero la familia tampoco quería deshacerse de estas cosas.
De a család ezeket a dolgokat sem akarta eldobni.
Todas estas cosas fueron a parar a la habitación de Gregor.

Mindezek a dolgok valahova Gregor szobájába kerültek.

El cajón de cenizas de la cocina ahora estaba guardado en su habitación.

A konyhából származó hamuládát most a szobájában tartotta.

Y la basura se guardaba en su habitación hasta el día de la basura.

És a szemetet a szobájában tartották a szemétszállítás napjáig.

La criada arrojó todo lo que no necesitaba en su habitación.

A szobalány mindent bedobált a szobájába, amire nem volt szüksége.

Afortunadamente no vio más que la mano y el objeto.

Szerencsére nem látott többet a kéznél és a tárgynál.

Probablemente tenía la intención de volver a buscar las cosas más tarde.

Valószínűleg később akart visszajönni a holmikért.

O tal vez quería tirarlo todo de una vez.

Vagy talán egyszerre akart mindent eldobni.

Sin embargo, todo permaneció donde había quedado al principio.

Azonban minden ott maradt, ahol először volt.

A menos que Gregor moviera la basura moviéndose a través de ella.

Hacsak Gregor nem mozdította el a kacatokat úgy, hogy átfurakodott rajta.

Al principio se vio obligado a arrastrarse entre toda la basura.

Először kénytelen volt átmászni az összes szeméten.

No tenía posibilidad de evitarlo.

Nem volt lehetősége elkerülni ezt.

Pero más tarde realmente encontró placer en esta actividad.

De később igazán örömét lelte ebben a tevékenységben.

Aunque tal esfuerzo lo dejó triste y profundamente cansado.

Bár az ilyen erőfeszítések elszomorították és mélyen elfárasztották.

Y después no pudo moverse durante muchas horas.

És utána órákig képtelen volt mozdulni.

Los inquilinos a veces comían en la sala de estar.

A lakók néha a nappaliban étkeztek.
La puerta del salón permanecía cerrada esas noches.
A nappali ajtaja zárva maradt azokon az estéken.
Pero a Gregor no le resultó difícil no abrir la puerta.
De Gregornak most már nem okozott nehézséget, hogy ne
nyissa ki az ajtót.
**Incluso cuando la puerta estaba abierta, no siempre miraba
hacia afuera.**
Még akkor sem nézett ki mindig, amikor nyitva volt az ajtó.
Pero él se acostó en el rincón más oscuro de la habitación.
De a szoba legsötétebb sarkába vetette magát.
La familia tampoco notó su falta de atención.
A család sem vette észre a figyelmetlenségét.
Pero hubo una vez que la criada dejó la puerta abierta.
De egyszer előfordult, hogy a szobalány nyitva hagyta az ajtót.
**La puerta permaneció abierta incluso cuando los inquilinos
regresaron.**
Az ajtó még akkor is nyitva maradt, amikor a lakók
visszatértek.
Y la puerta estaba abierta cuando se encendió la luz.
És az ajtó nyitva volt, amikor felkapcsolták a villanyt.
El hombre se sentó a la mesa donde la familia cenaba.
A férfi leült az asztalhoz, ahol a család vacsorázott.
Allí se sentaron en el pasado el padre, la madre y Gregor.
Apa, anya és Gregor ültek ott régebben.
Desplegaron las servilletas y cogieron cuchillos y tenedores.
Kihajtogatták a szalvétákat, és fogtak késeket és villákat.
La madre apareció en la puerta con un plato de carne.
Az anya egy tál hússal kezében megjelent az ajtóban.
Entonces la hermana entró con un cuenco lleno de patatas.
Aztán bejött a nővér egy tál krumplival.
**Los inquilinos se inclinaron sobre los cuencos colocados
delante de ellos.**
A szállásolók az eléjük helyezett tálak fölé hajoltak.
El humo denso de la comida les llegaba hasta la nariz.
Az étel nehéz füstje az orrukig szállt.
Pero aún no habían decidido si comerían la comida.

De még nem döntötték el, hogy megeszik-e az ételt.
Quizás enviarían la comida de vuelta a la cocina.
Talán visszaküldik az ételt a konyhába.
El hombre sentado en el medio parecía ser la autoridad.
A középen ülő férfi látszólag a tekintély volt.
Cortó la carne para determinar si estaba lo suficientemente tierna.
Felvágta a húst, hogy megállapítsa, elég puha-e.
Estaba satisfecho con el olor y el aspecto de la comida.
Elégedett volt az étel illatával és kinézetével.
La madre y la hermana los observaban ansiosamente.
Az anya és a nővér aggódva figyelték őket.
Y empezaron a sonreír con un suspiro de alivio.
És felgyülemlett megkönnyebbüléssel sóhajtottak mosolyogva.
La propia familia iba a comer en la cocina.
A család maga a konyhában készült enni.
Pero primero el padre fue a ver cómo estaban los inquilinos.
De először az apa elment megnézni a lakókat.
Hizo una reverencia, sosteniendo en su mano su gorra de trabajo.
Meghajolt egyszer, kezében a munkából kapott sapkáját tartva.
Y caminó en círculo alrededor de la mesa, hacia cada invitado.
És körbejárta az asztalt, minden vendéghez
Todos los inquilinos se pusieron de pie y murmuraron algo entre dientes.
A lakók mind felálltak, és a szakállukba motyogtak.
Después de que él se fue, comieron en un silencio casi absoluto.
Miután elment, szinte teljes csendben ettek.
A Gregor le pareció extraño que pudiera oír la masticación.
Gregornak furcsának tűnt, hogy rágást hall.
Ningún otro aspecto de la alimentación parecía emitir ningún sonido.
Az evésnek semmi más aspektusa nem tűnt hangtalannak.
Pero podía oír claramente el rechinar de los dientes.

De tisztán hallotta a fogcsikorgatást.

Parecían decirle que necesitaba dientes para comer.

Mintha azt mondták volna neki, hogy fogakra van szüksége az evéshez.

"No puedes hacer nada si tus mandíbulas no tienen dientes".

"Semmit sem tehetsz, ha fogatlan az állkapcsod."

"Me gustaría comer algo", dijo Gregor ansiosamente.

– Szeretnék enni valamit – mondta Gregor aggódva.

"Pero no tengo apetito para lo que están comiendo".

„De semmi étvágyam ahhoz, amit ti mindannyian esztek.”

"Mira cómo comen estos huéspedes y yo aquí muriéndome de hambre".

„Nézd, ezek a lakók esznek, én meg itt halok éhen.”

Aquella noche Gregor pensó por casualidad en el violín.

Gregornak aznap este történetesen a hegedű jutott eszébe.

No había oído el violín desde la transformación.

Az átalakulás óta nem hallotta a hegedűt.

Pero entonces, esta noche, se oyó un ruido desde la cocina.

De aztán, ezen az estén, egy hang hallatszott a konyhából.

Los caballeros ya habían terminado su cena.

Az urak már befejezték a vacsorájukat.

El caballero del medio había comenzado a leer un periódico.

A középső úr újságot kezdett olvasni.

Les había dado a los otros dos caballeros una hoja a cada uno.

A másik két úriembernek adott egy-egy lepedőt.

Y ahora estaban recostados, leyendo y fumando.

És most hátradőltek, olvastak és dohányoztak.

Cuando el violín empezó a sonar, se pusieron atentos.

Amikor a hegedű megszólalt, figyelmesek lettek.

Se levantaron y caminaron de puntillas hacia la puerta de la antesala.

Felálltak, és lábujjhegyen az előszoba ajtajához sétáltak.

Allí estaban, acurrucados juntos, escuchando desde la puerta.

Itt álltak egymáshoz bújva, és az ajtóban hallgatóztak.

La familia debió haber escuchado a los hombres desde la cocina.

A családnak biztosan hallotta a férfiakat a konyhából.

Porque el padre los llamó y les preguntó;

Mert az apa odakiáltott nekik, és megkérdezte tőlük;

¿Acaso el violín resulta incómodo para los caballeros?

„Talán kényelmetlen az uraknak a hegedű?"

"Si no te gusta la música podemos parar inmediatamente."

"Ha nem tetszik a zene, azonnal abbahagyhatjuk."

"Al contrario", dijo el centro de los caballeros.

– Épp ellenkezőleg – mondta az urak közül a középső.

"¿Le gustaría a la señorita tocar el violín en nuestra habitación?"

„Szeretne a kisasszony hegedülni a szobánkban?"

"Definitivamente es mucho más cómodo y acogedor aquí".

„Határozottan sokkal kényelmesebb és otthonosabb itt."

El padre respondió como si fuera el propio violinista.

Az apa úgy válaszolt, mintha ő maga lenne a hegedűs.

"Oh, por favor, eso sería maravilloso", exclamó el padre.

– Ó, kérlek, az csodálatos lenne! – kiáltotta az apa.

Los caballeros regresaron a la sala de estar y esperaron.

Az urak visszatértek a nappaliba és vártak.

Pronto el padre entró en la habitación con el atril.

Hamarosan bejött az apa a szobába a kottatartóval.

La madre entró en la habitación con el libro de música.

Az anya bejött a szobába a kottával.

Y la hermana entró en la habitación con el violín.

És a nővér bejött a szobába a hegedűvel.

Ella preparó todo con calma para tocar el violín.

Nyugodtan mindent előkészített a hegedüléshez.

Los padres exageraron su cortesía y modales.

A szülők eltúlozták az udvariasságukat és a modorukat.

Nunca antes habían alquilado habitaciones a huéspedes.

Korábban soha nem adtak bérbe szobákat albérlőknek.

Y ni siquiera se atrevieron a sentarse en sus propias sillas.

És még a saját székükre sem mertek leülni.

En lugar de sentarse, el padre se apoyó contra la puerta.

Ahelyett, hogy leült volna, az apa az ajtónak támaszkodott.

Su mano derecha estaba entre dos botones de su abrigo.

Jobb keze a kabátja két gombja között volt.

Sin embargo, un caballero le ofreció una silla a la madre.

Az anyának azonban egy úriember széket kínált.

Pero ella se sentó donde el caballero había colocado la silla.

De oda ült, ahová az úriember a széket tette.

Y no había colocado la silla en ningún lugar determinado.

És a széket nem helyezte el sehol konkrétan.

Así que la madre se sentó apartada de todos, en un rincón.

Így az anya mindenkitől elkülönítve, egy sarokban ült.

Y finalmente la hermana empezó a tocar el violín.

És végül a nővér hegedülni kezdett.

Los padres, en lados opuestos, prestaron mucha atención.

A szülők, akik az ellenkező oldalon ültök, feszült figyelemmel figyelték az eseményeket.

Y observaban atentamente cada movimiento de su mano.

És gondosan figyelték a keze minden mozdulatát.

Gregor también se sentía atraído por la interpretación del violín.

Gregort a hegedűjáték is vonzotta.

Y se aventuró a salir de su habitación un poco más lejos.

És egy kicsit arrébb merészkedett ki a szobájából.

Él ya estaba con la cabeza dentro de la sala.

Már bent volt a nappaliban a fejével.

Solía enorgullecerse de ser muy considerado.

Régen nagyon büszke volt arra, hogy nagyon figyelmes volt.

Pero últimamente casi no cuestiona su falta de cuidado.

De a közelmúltban alig kérdőjelezte meg a gondatlanságát.

Aunque ahora tenía más motivos para esconderse que antes.

Annak ellenére, hogy most több oka volt a bujkálásra, mint korábban.

Porque su habitación estaba cubierta de polvo y suciedad diversa.

Mert a szobája tele volt porral és különféle kosszal.

El más leve movimiento levantaba todo tipo de suciedad.

A legkisebb mozgás mindenféle mocskot kavart fel.

Toda esa suciedad se le pegó: polvo, pelo, restos de comida.

Minden kosz ráragadt; por, haj, ételmaradékok.

Podría haber frotado la suciedad contra la alfombra.

Ledörzsölhette volna a koszt a szőnyegről.

Esto era algo que solía hacer varias veces al día.

Ezt naponta többször is megtette.

Pero su indiferencia hacia todo era demasiado grande.

De a közönye minden iránt túl nagy volt.

Así que no tuvo miedo de avanzar un poco más.

Így hát nem félt egy kicsit előrébb lépni.

Y se trasladó al inmaculado suelo de la sala de estar.

És a nappali makulátlan padlójára lépett.

Sin embargo, nadie se dio cuenta ni le prestó atención.

Azonban senki sem figyelt rá, senki sem figyelt rá.

La familia estaba completamente absorta en el concierto.

A család teljesen elmerült a koncertben.

Los caballeros, por el contrario, inicialmente se retiraron.

Az urak viszont kezdetben visszavonultak.

Y se quedaron cerca, detrás del atril de la hermana.

És szorosan a nővér kottaállványa mögött álltak.

Si hubieran mirado habrían podido ver las notas musicales.

Ha odanéztek volna, láthatták volna a kottajegyeket.

Esto, por supuesto, habría perturbado a la hermana.

Ez természetesen zavarta volna a nővért.

Luego se quedaron de pie junto a la ventana, en lugar de sentarse.

Aztán az ablaknál álltak, ahelyett, hogy leültek volna.

Con las manos en los bolsillos seguían hablando.

Zsebre dugott kézzel folytatták a beszélgetést.

Permanecieron allí mientras el padre observaba ansiosamente.

Ott maradtak, miközben az apa aggódva figyelte őket.

Uno tenía la impresión de que tenían otras expectativas.

Az volt az érzésünk, hogy mások az elvárásaik.

Y realmente parecía como si se hubieran decepcionado.

És tényleg úgy tűnt, mintha csalódtak volna.

Parecía que ya estaban hartos de la actuación.

Úgy tűnt, elegük van a teljesítményből.

Habían permitido que el violín perturbara su paz.

Hagyták, hogy a hegedű megzavarja a nyugalmukat.

Y sólo toleraban la música por cortesía.

És csak udvariasságból tűrték a zenét.

Lo que más me desconcertó fue cómo expulsaron el humo.

Különösen nyugtalanító volt, ahogy elfújták a füstöt.

Y aún así, tocaba el violín maravillosamente.

És mégis olyan szépen hegedült.

Su rostro estaba inclinado suavemente hacia un lado, sobre el violín.

Arca finoman oldalra billent, a hegedűn.

Sus ojos buscaban con tristeza las líneas musicales.

Szomorúan fürkészte a kotta vonalát.

Gregor se sintió atraído un poco más hacia la sala de estar.

Gregor úgy érezte, mintha még jobban behúzná a nappali.

Mantuvo la cabeza cerca del suelo, pero miró hacia arriba.

A fejét a földhöz szorította, de felfelé nézett.

Tal vez de esta manera la mirada de su hermana podría encontrarse con la suya.

Talán így a húga tekintete találkozhat az övével.

¿Puede realmente decirse que era sólo un animal?

Tényleg azt lehet mondani, hogy csak egy állat volt?

¿Era un animal si la música podía cautivarlo tanto?

Vajon állat volt, ha a zene ennyire lenyűgözte?

Sintió como si le mostraran un camino hacia una alimentación desconocida.

Úgy érezte, mintha egy ismeretlen táplálékhoz vezető utat mutattak volna meg neki.

Quizás éste era el sustento que le faltaba.

Talán ez volt az a táplálék, ami hiányzott neki.

Estaba decidido a dirigirse hacia su hermana.

Elhatározta, hogy elindul a húga felé.

Quería tirar de su falda para llamar su atención.

Meg akarta húzni a szoknyáját, hogy felhívja magára a figyelmét.

Quería darle una indicación de una invitación.

Jelezni akarta neki egy meghívás lehetőségét.
"Ven a tocar el violín en mi habitación", quiso decir.
„Gyere, hegedülj a szobámban!" – akarta mondani.
Él quería que ella fuera recompensada por su hermosa música.
Azt akarta, hogy jutalmat kapjon a gyönyörű zenéjéért.
"Aquí nadie te recompensa por tocar el violín".
„Senki sem jutalmaz itt azért, mert hegedülsz."
Él ya no quería dejarla salir de su habitación.
Többé nem akarta kiengedni a szobájából.
Él quería que ella permaneciera con él mientras viviera.
Azt akarta, hogy amíg él, vele maradjon.
Por primera vez su transformación tuvo un beneficio.
Átalakulása most először hozott magával előnyöket.
Su deformidad finalmente iba a serle útil.
A torzszülöttsége végre hasznára válik.
Quería estar en las cuatro puertas simultáneamente.
Egyszerre akart mind a négy ajtónál lenni.
Quería silbarles y escupirles desde todos los ángulos.
Sziszegni és minden szögből rájuk köpni akart.
Su hermana no debería verse obligada a quedarse con él.
A húgát nem szabad arra kényszeríteni, hogy vele maradjon.
Él quería que ella eligiera quedarse con él voluntariamente.
Azt akarta, hogy a nő önként döntsön úgy, hogy vele marad.
Ella iba a sentarse a su lado e inclinarse hacia él.
Leült mellé, és lehajolt hozzá.
Y le iba a contar sobre la escuela de música.
És mesélni fog neki a zeneiskoláról.
Tenía la firme intención de enviarla a la academia.
Határozott szándéka volt, hogy elküldi az akadémiára.
Se lo habría contado a todo el mundo la pasada Navidad.
Mindenkinek mesélt volna erről a múlt karácsonykor.
¿Ya había llegado y pasado realmente la Navidad?
Tényleg eljött és elmúlt már megint a karácsony?
Y no habría dejado que nadie le disuadiera de ello.
És nem hagyta volna, hogy bárki lebeszélje erről.
Pero entonces el desafortunado accidente lo detuvo todo.

Aztán egy szerencsétlen baleset mindent félbeszakított.

La hermana se habría sentido abrumada por la emoción.

A nővért biztosan elöntötték volna az érzelmek.

Y entonces Gregor se habría subido hasta su hombro.

És akkor Gregor felmászott volna a vállára.

Y la habría consolado besándole el cuello.

És azzal vigasztalta volna, hogy megcsókolta volna a nyakát.

—¡Señor Samsa! —gritó el hombre del medio al padre.

„Samsa úr!" – kiáltotta a középső férfi az apának.

Señalaba con su dedo índice hacia Gregor.

Mutatóujjával lefelé mutatott Gregorra.

Gregor se movía lentamente por el suelo de la sala de estar.

Gregor lassan átsétált a nappali padlóján.

El sonido del violín se silenció muy rápidamente.

A hegedűjáték nagyon gyorsan elhallgatott.

El del medio de los tres hombres sonrió a sus amigos.

A három férfi közül a középső a barátaira mosolygott.

Luego meneó la cabeza y volvió a mirar a Gregor.

Aztán megrázta a fejét, és visszanézett Gregorra.

El padre podría haber obligado a Gregor a regresar a su habitación.

Az apa visszakényszeríthette volna Gregort a szobájába.

Pero esa no fue la primera acción que decidió tomar.

De nem ez volt az első lépés, amire elhatározta magát.

Pensó que era más importante calmar a los caballeros.

Fontosabbnak tartotta az urak megnyugtatását.

Aunque en realidad no estaban molestos en absoluto por Gregor.

Bár Gregor igazából egyáltalán nem haragudott rájuk.

Gregor parecía más entretenido que tocar el violín.

Gregor szórakoztatóbbnak tűnt, mint a hegedűjáték.

Corrió hacia ellos con los brazos extendidos.

Kinyújtott karokkal rohant oda hozzájuk.

Estaba intentando hacer lo mejor que podía para ocultar su visión de Gregor.

Minden erejével azon volt, hogy eltakarja a nézőpontjukat Gregorról.

Y trató de animarlos a regresar a su habitación.
És megpróbálta őket visszacsábítani a szobájukba.
En realidad, esto los hizo enfadar un poco.
Ha valami, ez inkább egy kicsit bosszantotta őket.
Pero era difícil decir exactamente qué les molestaba.
De nehéz volt megmondani, hogy pontosan mi bosszantotta
őket.
El padre estaba arruinando la diversión de la noche.
Az apa elrontotta az este szórakozását.
**Pero también acababan de enterarse de su nuevo compañero
de piso.**
De épp akkor hallottak az új lakótársukról is.
Levantaron las manos tal como lo había hecho el padre.
Felemelték a kezüket, ahogy az apa tette.
Exigieron una explicación inmediata al padre.
Azonnali magyarázatot követeltek az apától.
Se tiraron inquietos de la barba esperando una respuesta.
Nyugtalanul rángatták a szakállukat válaszra várva.
Y retrocedieron hasta su habitación, pero muy lentamente.
És hátrafelé indultak a szobájuk felé, de nagyon lassan.
La interrupción había dejado a la hermana en trance.
A félbeszakítás transzba taszította a nővért.
Dejó que el violín y el arco colgaran a su lado.
Hagyta, hogy a hegedű és a vonó lelógjon maga mellett.
Y ella miraba la partitura como si todavía estuviera tocando.
És úgy nézett a kottára, mintha még mindig játszana.
Pero de repente ella regresó a la habitación.
De aztán hirtelen visszahúzta magát a szobába.
Y ahora había superado el sentimiento de estar perdida.
És most már legyőzte az elveszettség érzését.
Ella colocó el instrumento musical en el regazo de su madre.
A hangszert az anyja ölébe tette.
**La madre estaba sentada en la silla, respirando con
dificultad.**
Az anya a székben ült, és nehezen vette a levegőt.
**Y entonces la hermana tuvo que correr a la habitación de al
lado.**

És akkor a nővérnek át kellett szaladnia a szomszéd szobába.

Tenía que dejar todo listo para los caballeros.

Mindent elő kellett készítenie az uraknak.

Ella arrojó las mantas y los cojines al aire.

A levegőbe dobta a takarókat és párnákat.

Y con sus manos expertas dispuso toda la ropa de cama.

És ügyes kezeivel elrendezte az ágyneműt.

Terminó antes de que los caballeros llegaran a la habitación.

Még mielőtt az urak a szobába értek volna, végzett.

Y ella se escabulló antes de interponerse en su camino.

És kisurrant, mielőtt útjukba került volna.

El padre parecía estar dominado por su propia terquedad.

Az apát mintha a saját makacssága ragadta volna magával.

Y así olvidó todo respeto que debía a sus inquilinos.

És így megfeledkezett minden tiszteletről, amivel a bérlőinek tartozott.

Empujó y empujó hasta que su portavoz se opuso.

Addig lökdösődött és lökdösődött, amíg a szóvivőjük tiltakozott.

Al llegar a la puerta, dio una patada furiosa.

Dühösen toppantott a lábával, amikor az ajtóhoz ért.

Y con esto logró detener al padre.

És ezzel megállította az apát.

"Por la presente declaro", comenzó dirigiéndose a su propietario.

– Ezennel kijelentem – kezdte a házigazdájához fordulva.

Y levantó la mano, mirando a toda la familia.

És felemelte a kezét, végignézve az egész családon.

"En cuanto a las repugnantes condiciones de la habitación;"

„Ami a szoba undorító körülményeit illeti;"

Y se aseguró de que todos escucharan sus palabras.

És gondoskodott róla, hogy mindenki hallja a szavait.

"Por la presente, le comunico que desocuparé mi habitación".

„Ezennel értesítem, hogy elhagyom a szobámat."

Y reiteró su punto escupiendo en el suelo.

És azzal is megerősítette mondanivalóját, hogy a földre köpött.

"Tampoco pagaré por los días que he vivido aquí."

„És azokért a napokért sem fogok fizetni, amiket itt töltöttem."

Sin embargo, no estaba completamente satisfecho con este reembolso.

Azonban nem volt teljesen elégedett ezzel a visszatérítéssel.

"Y consideraré hacer otras demandas contra usted."

„És megfontolom, hogy más követeléseket is támasztok majd veled szemben."

Créeme, tales exigencias serán muy fáciles de justificar.

„Higgyék el, az ilyen követeléseket nagyon könnyű lesz igazolni."

Él permaneció en silencio y miró directamente al padre.

Csendben volt, és egyenesen az apjára nézett.

Parecía estar esperando que sucediera algo más.

Úgy tűnt, valami többre számított.

De hecho, sus dos amigos inmediatamente tuvieron la misma idea.

Sőt, két barátjának is azonnal ugyanez az ötlete támadt.

"También estamos cancelando nuestras habitaciones", dijeron al unísono.

„Mi is lemondjuk a szobáinkat." – mondták kórusban.

Luego agarró la manija de la puerta y cerró la puerta.

Aztán megragadta a kilincset és becsukta az ajtót.

Y con un fuerte estruendo se encerraron en su habitación.

És hangos csattanással bezárkóztak a szobájukba.

El padre se tambaleó hasta su silla con manos torpes.

Az apa tapogatózó kézzel tántorgott a székéhez.

Y se dejó caer en la silla, derrotado.

És hagyta, hogy legyőzötten a székbe zuhanjon.

Parecía como si fuera a echar su siesta vespertina habitual.

Úgy tűnt, mintha a szokásos esti szunyókálásához készülne.

Pero su cabeza asintió casi como si no tuviera apoyo.

De a feje úgy bólintott, mintha nem is lenne alátét.

Y se podía ver que no estaba durmiendo en absoluto.

És látható volt, hogy egyáltalán nem aludt.

Durante todo este tiempo Gregor no se había movido de su sitio.

Gregor mindez idő alatt meg sem moccant a helyéről.

Todavía estaba donde los caballeros lo habían visto por primera vez.

Még mindig ott volt, ahol az urak először látták.

Incluso si hubiera querido moverse, le resultó imposible.

Még ha mozdulni is akart volna, lehetetlennek találta.

Por su decepción, o por su hambre.

A csalódása miatt, vagy az éhsége miatt.

Estaba decepcionado por el fracaso de su plan.

Csalódott volt a terve kudarca miatt.

Y estaba débil por el hambre prolongada que sentía.

És legyengült a hosszan tartó éhségtől.

Estaba seguro de que en cualquier momento todos se volverían contra él.

Biztos volt benne, hogy bármelyik pillanatban mindenki ellene fordulna.

Con esta expectativa de colapso inminente, esperó.

Ezzel a közvetlen összeomlás reményével várt.

El violín empezó a deslizarse del regazo de la madre.

A hegedű lecsúszni kezdett az anya öléből.

Con un sonido resonante el violín cayó al suelo.

A hegedű visszhangzó csattanással a földre hullott.

Pero ni siquiera ese repentino ruido estrepitoso lo sobresaltó.

De még ez a hirtelen csattanó hang sem riasztotta meg.

«Queridos padres», dijo la hermana, «esto no puede continuar».

– Kedves szülők – mondta a nővér –, ez így nem mehet tovább.

Y golpeó la mesa con la mano para dejar claro su punto.

És az asztalra csapott a kezével, hogy bizonyítsa a mondanivalóját.

"No diré el nombre de mi hermano delante de este monstruo".

„Nem fogom kimondani a bátyám nevét ennek a szörnyetegnek az előtt."

"Por eso lo digo lo más claramente posible:"

„Ezért mondom ezt a lehető legkeményebben:"

"No tenemos otra opción que deshacernos de este animal".

„Nincs más választásunk, mint megszabadulni ettől az állattól."

"Hicimos lo mejor que pudimos para tolerar y cuidar a este animal".

„Mindent megtettünk, hogy elviseljük és gondoskodjunk erről az állatról."

"No creo que nadie pueda culparnos en lo más mínimo".

– Azt hiszem, senki a legcsekélyebb mértékben sem hibáztathat minket.

"Tiene mil veces razón", asintió el padre.

– Ezerszeresen igaza van – helyeselt az apa.

La madre aún no había recuperado del todo el aliento.

Az anya még mindig nem kapta vissza teljesen a levegőt.

Ella empezó a toser sordamente en su mano, respirando con dificultad.

Tompán köhögni kezdett a tenyerébe, zihálva.

Y una expresión de locura comenzó a surgir en sus ojos.

És egy őrült kifejezés kezdett kirajzolódni a szemében.

La hermana corrió hacia su madre y le sujetó la frente.

A nővér az anyjához rohant, és a homlokát fogta.

El padre pareció inspirarse en las palabras de la hermana.

Az apát látszólag megihlették a nővér szavai.

Y sus pensamientos parecían ser más claros que antes.

És gondolatai tisztábbnak tűntek, mint korábban.

Dejó de asentir con la cabeza y volvió a sentarse derecho.

Abbahagyta a bólogatást, és újra felült.

Y jugaba con la gorra de sirviente, sumido en sus pensamientos.

És mélyen elgondolkodva játszadozott a szolgai sapkájával.

Los platos de los inquilinos todavía estaban sobre la mesa.

A bérlők tányérjai még mindig az asztalon voltak.

Y a veces miraba hacia el silencioso Gregor.

És néha a hallgatag Gregorra pillantott.

"Tenemos que intentar deshacernos de él", le dijo la hermana.

„Meg kell próbálnunk megszabadulni tőle" – mondta neki a nővér.

La madre estaba demasiado ocupada tosiendo como para escuchar.

Az anya túlságosan lekötötte a köhögés ahhoz, hogy meghallgassa.

"Los matará a ambos, ya lo veo venir."

„Mindkettőtöket meg fog ölni, már látom magam előtt, hogy jönni fog."

"No podemos seguir trabajando tan duro como lo hacemos todos."

„Nem dolgozhatunk mindannyian továbbra is olyan keményen, mint most."

"Y cada día tenemos que volver a casa y encontrarnos con esta tortura."

„És minden nap haza kell térnünk erre a kínzásra."

"No podemos soportarlo más. No puedo soportarlo."

„Nem bírjuk tovább. Én ezt nem bírom elviselni."

Ella cayó ante su madre en un último estallido de lágrimas.

Utolsó könnyeivel borult az anyjához.

Las lágrimas cayeron por su rostro y sobre el de su madre.

A könnyek lefolytak az arcán, és az anyja arcára hullottak.

Y se secó las lágrimas con un movimiento mecánico.

És gépies mozdulattal letörölte a könnyeit.

"Hijo mío", dijo el padre con voz compasiva.

– Gyermekem – mondta az apa együttérző hangon.

Había profunda simpatía y comprensión en su voz.

Mély együttérzés és megértés csengett a hangjában.

«Pero ¿qué debemos hacer?», confesó no saberlo.

„De mit tegyünk?" – vallotta be, hogy nem tudja.

La hermana simplemente se encogió de hombros con impotencia.

A nővér csak tehetetlenül megvonta a vállát.

Y su confianza anterior fue reemplazada nuevamente por lágrimas.

És korábbi magabiztosságát ismét könnyek váltották fel.

«Si nos entendiera», dijo el padre en voz alta.

– Bárcsak megértene minket – mondta hangosan az apa.

Y se preguntó si tal vez Gregor entendía.

És félig-meddig megkérdőjelezte, hogy vajon Gregor talán megértette-e.

La hermana simplemente sacudió su mano violentamente mientras lloraba.

A nővér csak hevesen rázta a kezét, miközben sírt.

Y entonces ella señaló que no se debía pensar en esa idea.

Így hát jelzést adott, hogy az ötletre gondolni sem szabad.

«¡Si nos comprendiera!», repitió el padre.

– Bárcsak megértene minket! – ismételte az apa.

Cerrando los ojos consideró la respuesta de la hermana.

Lehunyta a szemét, és átgondolta a nővér válaszát.

"Si lo entendiera se podría llegar a un acuerdo con él."

„Ha megértette volna, meg lehetett volna vele állapodni."

"Pero estando las cosas como están..."

„De mivel a dolgok úgy állnak, ahogy vannak…"

"Tiene que irse", gritó la hermana, "es la única manera".

– Mennie kell! – kiáltotta a nővér. – Ez az egyetlen út.

"Tienes que deshacerte de la idea de que es Gregor".

„Meg kell szabadulnod attól a gondolattól, hogy Gregor az."

"Que lo hayamos creído durante tanto tiempo es nuestra verdadera desgracia."

„Az, hogy ilyen sokáig hittük, a mi igazi balszerencsénk."

«¿Pero cómo puede ser Gregor?», le preguntó a su padre.

„De hogy lehet az Gregor?" – kérdezte az apjától.

"Sabía que un animal así no podía coexistir con los humanos".

„Tudta, hogy egy ilyen állat nem tud együtt élni az emberrel."

Gregor nos habría abandonado hace mucho tiempo, voluntariamente.

„Gregor már rég elhagyott volna minket, önként."

"Es cierto, entonces no tendríamos ningún hermano."

„Igaz, akkor nem lenne testvérünk."

"Pero podríamos seguir viviendo y honrar su memoria".

„De tovább élhetnénk és tisztelhetnénk az emlékét."

"Pero esta bestia nos persigue y ahuyenta a nuestros labradores."

„De ez a fenevad üldöz minket és elűzi a bérlőinket."

"Es evidente que quiere apoderarse de todo el apartamento".

„Nyilvánvalóan az egész lakást le akarja foglalni."

"Esta bestia quiere hacernos dormir en la calle."

„Ez a szörnyeteg az utcán akar minket aludtatni."

«Mira, padre», gritó de repente, «¡se mueve otra vez!»

– Nézd, apa! – kiáltotta hirtelen. – Megint mozog!

E hizo algo que ni siquiera Gregor pudo entender.

És olyasmit tett, amit még Gregor sem értett.

Ella se apartó, como sacrificando a la madre.

Ellökte magát, mintha feláldozná az anyját.

Y ella corrió detrás de su padre buscando algún tipo de seguridad.

És az apja mögé futott, hogy valamiféle biztonságba kerüljön.

El padre estaba agitado únicamente porque su hija lo estaba.

Az apa csak azért volt izgatott, mert a lánya is az volt.

Pero entonces él también se levantó y levantó los brazos sobre ella.

De aztán ő is felállt, és fölébe emelte a karját.

Pero Gregor no tenía intención de asustar a nadie.

De Gregornak esze ágában sem volt senkit megijeszteni.

Sobre todo no pensó en asustar a su hermana.

Főleg nem gondolt arra, hogy megijessze a húgát.

Él sólo estaba intentando regresar a su habitación.

Épp vissza akart fordulni a szobája felé.

Pero dado que su estado estaba empeorando, incluso esto era difícil.

De romló állapotában még ez is nehéz volt.

Y ya no tenía pleno uso de todas sus piernas.

És már nem tudta teljesen használni az összes lábát.

Entonces usó su cabeza para levantar su cuerpo y girar.

Így hát a fejével emelte fel a testét és megfordult.

Hizo una pausa y miró a su alrededor esperando la aprobación de la familia.

Szünetet tartott, és körülnézett, hogy a család helyeseljen.

Su buena intención parecía haber sido reconocida.

Jó szándékát látszólag felismerték.

Su movimiento sólo había sido un shock momentáneo para ellos.

Mozdulata csak egy pillanatnyi sokkot okozott nekik.

Ahora todos lo miraban en un silencio infeliz.

Most mindannyian boldogtalan csendben néztek rá.

La madre seguía tumbada en el sillón, exhausta.

Az anya még mindig a karosszékben feküdt, kimerülten.

El padre y la hermana estaban sentados uno al lado del otro.

Az apa és a nővér egymás mellett ültek.

«Quizás ahora me dejen dar la vuelta», pensó Gregor.

„Talán most már hagyják, hogy megforduljak" – gondolta Gregor.

Y continuó haciendo su torpe movimiento de giro.

És folytatta esetlen fordulómozdulatát.

No podía reprimir los jadeos ocasionales de esfuerzo.

Nem tudta elfojtani az erőlködéstől időnként feltörő zihálásokat.

Y se vio obligado a descansar un par de veces entre uno y otro.

És közben néhányszor pihenőre is kényszerült.

Ya nadie le obligaba a apresurarse; la decisión estaba en sus manos.

Most már senki sem siettetette; rajta múlott.

Al final completó el giro lento y doloroso.

Végül befejezte a lassú és fájdalmas fordulatot.

Inmediatamente comenzó a caminar directamente de regreso a su habitación.

Azonnal elkezdett egyenesen visszamenni a szobájába.

Se sorprendió de lo lejos que estaba de su habitación.

Megdöbbentett, milyen messze van a szobájától.

¿Cómo, a pesar de su debilidad, había llegado allí antes?

Hogyan jutott el idáig, gyengesége ellenére?

Había recorrido casi el mismo camino sin darse cuenta.

Majdnem ugyanazon az úton haladt, anélkül, hogy észrevette volna.

Ahora él sólo se concentró en gatear tan rápido como podía.

Most már csak arra koncentrált, hogy olyan gyorsan másszon, ahogy csak bírt.

La falta de comentarios por parte de alguien no le inquietó.

Az sem zavarta, hogy senkitől sem érkezett megjegyzés.

Sólo cuando ya estaba en la puerta giró la cabeza.

Csak amikor már az ajtóban volt, fordította el a fejét.

Pero no pudo darse la vuelta para mirar hacia atrás por completo.

De nem volt képes megfordulni, hogy teljesen hátranézzen.

Porque sintió que su cuello se ponía aún más rígido al girarse.

Mert érezte, hogy a nyaka még jobban megmerevedik, ahogy megfordul.

Pero vio que de todas formas nada había cambiado detrás de él.

De látta, hogy mögötte úgysem változott semmi.

La única diferencia fue que su hermana se puso de pie.

Az egyetlen különbség az volt, hogy a húga felállt.

Su última mirada mostró que su madre se había quedado dormida.

Utolsó pillantása azt mutatta, hogy anyja elaludt.

Tan pronto como estuvo dentro de su habitación la puerta se cerró.

Amint beért a szobájába, az ajtó becsukódott.

Y tan pronto como la puerta se cerró, el cerrojo quedó bloqueado.

És amint becsukódott az ajtó, a zár zárva volt.

Gregor se asustó por el ruido inesperado que se oía detrás.

Gregort megijesztette a mögötte hallatszó váratlan zaj.

Y sus piernas se doblaron bajo él por la repentina sorpresa.

És a lábai megroggyantak a hirtelen meglepetéstől.

Fue la hermana quien corrió hacia la puerta detrás de él.

A nővér volt az, aki mögötte az ajtóhoz rohant.

Ella ya se encontraba allí de pie, esperándolo.

Már ott állt egyenesen, és várta őt.

Luego saltó hacia delante ligeramente sin que Gregor la oyera.

Aztán könnyedén előreugrott, anélkül, hogy Gregor meghallotta volna.

"¡Por fin!" gritó en voz alta mientras giraba la llave.

„Végre!" – kiáltotta hangosan, miközben elfordította a kulcsot.

"¿Y ahora qué?", se preguntó Gregor, solo en la oscuridad.

„Most mi van?" – kérdezte magában Gregor, egyedül a sötétben.

Pronto descubrió que ya no podía moverse en absoluto.

Hamarosan rájött, hogy már egyáltalán nem tud mozogni.

Pero no le sorprendió realmente su inmovilidad.

De igazából nem lepődött meg a mozdulatlanságán.

Poder moverse con piernas tan delgadas parecía ridículo.

Nevetségesnek tűnt, hogy ilyen vékony lábakon lehet mozogni.

No sabía cómo había sido capaz de hacerlo.

Fogalma sem volt, hogyan volt képes rá valaha is.

Pero aparte de eso se sentía relativamente cómodo.

De ettől eltekintve viszonylag kényelmesen érezte magát.

Es cierto que sentía un dolor profundo en todo el cuerpo.

Az igaz, hogy mély fájdalmat érzett az egész testében.

Pero el dolor parecía hacerse cada vez más débil.

De a fájdalom egyre gyengébbnek tűnt.

Y sintió que el dolor eventualmente desaparecería.

És úgy érezte, hogy a fájdalom végül elmúlik.

Ya casi no sentía la manzana podrida en su espalda.

Alig érezte már a rothadt almát a hátában.

Pensó en su familia con emoción y amor.

Szeretettel és meghatódva gondolt vissza családjára.

Sintió las emociones de su hermana incluso más que ella misma.

Még jobban átérezte a nővére érzelmeit, mint az övé.

Ella tenía razón en lo que había dicho: él tenía que irse.

Igaza volt abban, amit mondott; mennie kellett.

Pasó algún tiempo en ese estado vacío y pacífico.

Egy ideig ebben az üres és békés állapotban tartózkodott.

El reloj dio tres veces, silenciosamente, pero con firmeza.
Az óra háromszor ütött, halkan, de határozottan.
Gregor fue sacado suavemente de sus meditaciones.
Gregort gyengéden kirángatták elmélkedéséből.
Observó cómo la luz de la mañana entraba lentamente en su habitación.
Nézte, ahogy a reggeli fény lassan besüt a szobájába.
Entonces su cabeza se hundió por completo, sin su voluntad.
Aztán a feje teljesen lehajlott, akarata nélkül.
Y su último aliento fluyó débilmente de su nariz.
És utolsó lélegzete gyengén áradt ki az orrlyukaiból.

La criada entró en su habitación temprano en la mañana.
A szobalány kora reggel bejött a szobájába.
No encontró nada inusual durante su corta visita habitual.
A szokásos rövid látogatása során semmi szokatlant nem talált.
Con fuerza y prisa cerró de golpe todas las puertas.
Erejéből és sietségéből kifogyva becsapta az összes ajtót.
No fue posible dormir tranquilo en todo el apartamento.
Az egész lakásban nem lehetett nyugodtan aludni.
Le habían pedido que evitara hacer esto por la mañana.
Arra kérték, hogy reggelente kerülje ezt.
Ella pensó que él yacía allí inmóvil a propósito.
Azt hitte, szándékosan fekszik ott ilyen mozdulatlanul.
Quizás quería demostrarle que estaba ofendido.
Talán meg akarta mutatni neki, hogy megsértődött.
Ella confiaba en que él tenía todo tipo de inteligencia.
Bízott benne, hogy mindenféle intelligenciával rendelkezik.
Ella sostenía por casualidad la escoba larga en su mano.
Véletlenül a hosszú seprűt tartotta a kezében.
Entonces, desde la puerta, intentó hacerle un poco de cosquillas a Gregor.
Így hát az ajtóból megpróbálta egy kicsit megcsiklandozni Gregort.
Ella estaba un poco molesta porque él no respondió en absoluto.

Egy kicsit bosszantotta, hogy a férfi egyáltalán nem reagált.

Así que esta vez lo empujó un poco más firmemente.

Így hát ezúttal egy kicsit határozottabban lökte meg.

Cuando él no ofreció resistencia, ella lo miró más de cerca.

Mivel a férfi nem tanúsított ellenállást, jobban szemügyre vette.

Pronto se dio cuenta de lo que realmente le había sucedido a Gregor.

Hamarosan rájött, mi is történt valójában Gregorral.

Abrió más los ojos y silbó para sí misma.

Tágabbra nyitotta a szemét, és magában fütyült.

Pero no perdió mucho tiempo antes de abrir la puerta.

De nem vesztegette sokáig az időt, mielőtt kinyitotta az ajtót.

Y clamó a gran voz en la oscuridad:

És hangosan kiáltott a sötétségbe:

"Ven a echarle un vistazo, ahí está, completamente muerto."

„Gyere, nézd meg, ott fekszik, teljesen halott.”

Los dos padres estaban sentados erguidos en el lecho conyugal.

A két szülő egyenesen ült a házastársi ágyában.

Primero tuvieron que superar el impacto del ruido.

Először is le kellett küzdeniük a zaj okozta sokkot.

Pero poco a poco empezaron a comprender su mensaje.

De aztán lassan kezdték felfogni az üzenetét.

El señor y la señora Samsa saltaron cada uno de su lado de la cama.

Samsa úr és asszony kiugrottak az ágyból a saját oldalukon.

El señor Samsa se echó la gruesa manta sobre los hombros.

Samsa úr a vállára terítette a vastag takarót.

Y la señora Samsa salió sin nada más que su camisón.

És Samsa asszony semmiben, csak a hálóingében jött ki.

Y así entraron en la habitación de Gregor.

És így léptek be Gregor szobájába.

Mientras tanto, la puerta de la sala de estar también se había abierto.

Közben a nappali ajtaja is kinyílt.

Grete había dormido allí desde que los inquilinos se mudaron.

Grete ott aludt, mióta a bérlők beköltöztek.

Estaba completamente vestida como si no hubiera dormido en absoluto.

Teljesen fel volt öltözve, mintha egy pillanatot sem aludt volna.

Su rostro pálido también parecía demostrar su falta de sueño.

Sápadt arca is a kialvatlanságát bizonyította.

"¿Está muerto?" preguntó la señora Samsa, mirando a la criada.

„Meghalt?" – kérdezte Samsa asszony, a szobalányra nézve.

Ella podría haberlo confirmado mirándolo ella misma.

Ezt azzal is megerősíthette volna, ha maga is ránéz.

"Creo que sí", dijo la criada cogiendo la escoba.

– Azt hiszem – mondta a szobalány, és felvette a seprűt.

Y ella empujó su cuerpo muy lejos por el suelo.

És messzire tolta a testét a padlón.

La señora Samsa hizo un movimiento como si quisiera detenerla.

Samsa asszony olyan mozdulatot tett, mintha meg akarná állítani.

Pero al final dejó que la criada llevara a Gregor de un lado a otro.

De végül hagyta, hogy a szobalány gurítsa Gregort.

—Bueno —dijo el señor Samsa—, por fin podemos dar gracias a Dios.

– Nos – mondta Mr. Samsa –, végre hálát adhatunk Istennek.

Hizo la señal de la cruz; cabeza, pecho, hombros.

Keresztet vetett; fej, mellkas, vállak.

Y las tres mujeres siguieron su ejemplo religioso.

És a három nő követte vallásos példáját.

Grete, que no apartaba la vista del cadáver, dijo:

Grete, aki nem vette le a szemét a holttestről, megszólalt;

"Mira qué delgado estaba, hacía tanto tiempo que no comía."

„Nézd, milyen sovány volt, olyan régóta nem evett."

"La comida que le dejaba cada mañana siempre estaba
intacta."

„Az étel, amit minden reggel otthagytam neki, mindig
érintetlen volt."

**De hecho, el cuerpo de Gregor estaba completamente plano
y seco.**

Valójában Gregor teste teljesen lapos és száraz volt.

Esto era más visible ahora que estaba en el suelo.

Ez most, hogy a földön volt, még jobban látszott.

Porque su cuerpo ya no era levantado por sus piernas.

Mert a testét már nem a lábai emelték fel.

Y porque no había nada más que distrajera la vista.

És mivel semmi más nem zavarta a kilátást.

—Ven un rato con nosotros, Grete —dijo la señora Samsa.

– Gyere be hozzánk egy kicsit, Grete – mondta Samsa asszony.

Había una sonrisa dolorosa en sus labios mientras hablaba.

Fájdalmas mosoly játszott az ajkán, miközben beszélt.

Grete los siguió, pero también miró hacia el cadáver.

Grete követte őket, de visszanézett a holttestre is.

La criada cerró la puerta y abrió completamente la ventana.

A szobalány becsukta az ajtót, és teljesen kinyitotta az ablakot.

**Todavía era temprano, por lo que normalmente el aire
estaría frío.**

Még korán volt, így a levegő általában hideg szokott lenni.

Pero también había una mezcla de calidez en el aire frío.

De a hideg levegőben melegség is vegyült.

Como un suave recordatorio de que ya era finales de marzo.

Mint egy halk emlékeztető arra, hogy már március vége van.

Los tres inquilinos ahora también salieron de su habitación.

A három bérlő most szintén kilépett a szobájából.

**Miraron a su alrededor con asombro en busca de su
desayuno.**

Ámulva néztek körül, hogy mit ehetnek a reggelijükkel.

El desayuno fue olvidado por lo que encontró la criada.

A reggelit elfelejtették amiatt, amit a szobalány talált.

"¿Dónde está el desayuno?" se quejó el caballero del medio.

„Hol a reggeli?" – morgolódott a középső úriember.

La criada se llevó el dedo a la boca para ordenar silencio.

A szobalány a szájához emelte az ujját, hogy csendet parancsoljon.

Y ella rápidamente y en silencio saludó a los caballeros.

És sietve, szótlanul integetett az uraknak.

La criada acompañó a los tres caballeros a la habitación.

A szobalány bevezette a három urat a szobába.

Y continuó explicándoles lo que había sucedido.

És tovább magyarázta nekik, mi történt.

Y los tres caballeros estaban alrededor del cadáver de Gregor.

A három úriember pedig Gregor holtteste körül állt.

Con las manos en los bolsillos miraron hacia abajo.

Zsebre dugott kézzel lefelé néztek.

La luz de la mañana ahora había inundado completamente la habitación.

A reggeli fény mostanra teljesen elárasztotta a szobát.

Entonces se abrió la puerta del dormitorio y apareció el señor Samsa.

Aztán kinyílt a hálószoba ajtaja, és megjelent Mr. Samsa.

A un lado estaba su esposa y al otro su hija.

Az egyik oldalon a felesége, a másikon a lánya ült.

Para entonces el señor Samsa ya llevaba puesto su uniforme.

Mr. Samsa ekkorra már az egyenruháját viselte.

Se podía ver que todos habían estado llorando un poco.

Látszott, hogy mindannyian sírtak egy kicsit.

Grete presionó su cara contra el brazo de su padre.

Grete az arcát az apja karjához nyomta.

"¡Sal de mi apartamento inmediatamente!" ordenó el señor Samsa.

„Azonnal hagyja el a lakásomat!" – parancsolta Mr. Samsa.

Y señaló la puerta sin dejar salir a las mujeres.

És az ajtóra mutatott anélkül, hogy elengedte volna a nőket.

"¿Qué quieres decir?" preguntó el intermediario desconcertado.

„Hogy érted ezt?" – kérdezte a középső férfi zavartan.

Y él hizo lo mejor que pudo para sonreír dulcemente al señor Samsa.

És igyekezett kedvesen mosolyogni Samsa úrra.

Los otros dos llevaban las manos tras la espalda.

A másik kettő a háta mögé kulcsolta a kezét.

Y se frotaron las manos con anticipación.

És izgatottan dörzsölték össze a kezüket.

Parecía que esperaban que se produjera una fuerte pelea.

Úgy tűnt, hangos veszekedésre számítottak.

Pero ellos parecían estar contentos con la discusión que se avecinaba.

De úgy tűnt, örülnek a közelgő vitának.

Creían que la disputa sería a su favor.

Azt hitték, a vita az ő javukra fog dőlni.

"Quiero decir exactamente lo que acabo de decir", respondió el señor Samsa.

– Pontosan azt értem, amit az előbb mondtam – felelte Mr. Samsa.

Caminó en línea recta con sus dos compañeros.

Két társával egyenes vonalban haladt.

Y el señor Samsa se dirigió directamente a su caballero principal.

És Mr. Samsa egyenesen a vezető úriemberhez lépett.

El caballero primero se quedó quieto, mirando al suelo.

Az úr először mozdulatlanul állt, és a földet nézte.

El contenido de su cabeza todavía estaba ordenándose.

A fejében lévő dolgok még mindig próbálták elrendezni magukat.

—Está bien, nos vamos —dijo y miró al señor Samsa.

– Rendben, megyünk – mondta, és felnézett Mr. Samsára.

Una nueva humildad pareció apoderarse de él de repente.

Úgy tűnt, hirtelen egy újfajta alázat lett úrrá rajta.

Y parecía estar pidiendo permiso para esta decisión.

És úgy tűnt, mintha engedélyt kért volna erre a döntésre.

El señor Samsa abrió mucho los ojos y asintió un poco.

Samsa úr tágra nyitotta a szemét, és bólintott egyet.

Los caballeros obedecieron inmediatamente su orden.

Az urak azonnal engedelmeskedtek a parancsnak.
Y efectivamente dieron largos pasos por el pasillo.
És valóban hosszú léptekkel be is léptek a folyosóra.
Sus amigos ya habían dejado de frotarse las manos.
A barátai már abbahagyták a kézdörzsölést.
Habían estado escuchando cómo iba la conversación.
Figyelemmel hallgatták, hogyan alakul a beszélgetés.
Y ahora corrían tras él, como si tuvieran miedo.
És most már futottak utána, mintha félnének.
El señor Samsa aún podría aislarlos de su líder.
Mr. Samsa talán még mindig elszigeteli őket a vezetőjüktől.
Sacaron sus palos del contenedor.
Előhúzták a botjaikat a bottartóból.
Y se inclinaron en silencio antes de salir del apartamento.
És némán meghajoltak, mielőtt elhagyták a lakást.
El señor Samsa y las dos mujeres salieron del patio delantero.
Mr. Samsa és a két nő kilépett az előudvarba.
Pero en realidad no tenían motivos para desconfiar de los hombres.
De valójában semmi okuk nem volt arra, hogy bizalmatlanok legyenek a férfiakkal szemben.
Se apoyaron en la barandilla para comprobar si se habían ido.
A korlátnak támaszkodtak, hogy ellenőrizzék, elmentek-e.
Los tres caballeros efectivamente estaban bajando las escaleras.
A három úr valóban lefelé tartott a lépcsőn.
En un determinado recodo de la escalera desaparecieron.
A lépcső egy bizonyos kanyarulatában eltűntek.
Y entonces la escalera los trajo de nuevo a la vista.
Aztán a lépcső újra láthatóvá tette őket.
Esta aparición y desaparición se repite en cada piso.
Ez a megjelenés és eltűnés minden emeleten megismétlődött.
Pero al final casi habían llegado al fondo.
De végül majdnem a mélypontra értek.
Cuanto más avanzaban, más aburridos parecían.

Minél tovább mentek, annál érdektelenebbek lettek.
Todos regresaron a casa, como si se sintieran aliviados.
Mindenki megkönnyebbülten tért vissza a házba.
Decidieron aprovechar el día para descansar y salir a pasear.
Úgy döntöttek, hogy a napot pihenésre és sétára szánják.
Sentían que merecían este descanso de su trabajo.
Úgy érezték, megérdemlik ezt a szünetet a munkájukban.
No sólo merecían este descanso, sino que lo necesitaban.
Nemcsak megérdemelték ezt a szünetet, hanem szükségük is
volt rá.
Se sentaron a la mesa para escribir cartas de disculpas.
Leültek az asztalhoz, hogy bocsánatkérő leveleket írjanak.
**El señor Samsa escribió una carta de disculpas a su
dirección.**
Samsa úr megírta bocsánatkérő levelét a vezetőségének.
La señora Samsa escribió su carta de disculpas a sus clientes.
Samsa asszony megírta bocsánatkérő levelét ügyfeleinek.
Y Grete escribió su carta de disculpa a su director.
Grete pedig megírta a bocsánatkérő levelét az igazgatójának.
Mientras todos escribían, la criada llegó a la habitación.
Miközben mindannyian írtak, bejött a szobalány a szobába.
**Su trabajo de la mañana había terminado, por lo que se
dirigía a casa.**
A délelőtti munkája véget ért, így hazament.
**Los tres escritores asintieron al principio, sin levantar la
vista.**
A három író először bólintott, anélkül, hogy felnézett volna.
Pero la criada no parecía querer irse todavía.
De a szobalány láthatóan még nem akart elmenni.
**Esperó un poco, hasta que los tres escritores levantaron la
vista.**
Várt egy kicsit, amíg a három író felnézett.
**"¿Y bien?" preguntó el señor Samsa, enojado como los
demás.**
„Nos?" – kérdezte Samsa úr, dühösen, akárcsak a többiek.
**La criada estaba parada en la puerta con una sonrisa en su
rostro.**

A szobalány mosolyogva állt az ajtóban.

Dio la impresión de tener buenas noticias que informar.

Azt a benyomást keltette, hogy jó hírei vannak.

Pero ella no iba a compartir la noticia a menos que se lo pidieran.

De nem akarta megosztani a hírt, hacsak nem kérik meg rá.

La pluma de avestruz erguida sobre su sombrero se balanceaba ligeramente.

A kalapján lévő, felálló strucctoll kissé megingott.

Aquella pluma de avestruz siempre había molestado al señor Samsa.

Az a strucctoll mindig is idegesítette Samsa urat.

—Entonces, ¿qué quieres? —preguntó la señora Samsa con firmeza.

„Szóval, mit akar akkor?" – kérdezte határozottan Samsa asszony.

La criada todavía tenía mucho respeto por la señora Samsa.

A szobalány még mindig nagyon tisztelte Samsa asszonyt.

"Sí", respondió ella y soltó una carcajada amistosa.

– Igen – válaszolta a lány, és barátságosan felnevetett.

Por un momento su risa le impidió hablar.

A nevetése egy pillanatra megállította a beszédben.

"No tienes que preocuparte por esa cosa de al lado".

– Nem kell aggódnod amiatt a szomszéd miatt.

"Ya he decidido cómo nos desharemos de él".

– Már elrendeztem, hogyan szabadulunk meg tőle.

La señora Samsa y Grete continuaron escribiendo sus cartas.

Samsa asszony és Grete folytatták leveleik írását.

Pero el señor Samsa se dio cuenta de que la criada aún no había terminado.

De Samsa úr észrevette, hogy a szobalány még nem végzett.

Ahora quería describir todo con más detalle.

Most mindent részletesebben akart leírni.

Pero él extendió su mano para rechazar sus esfuerzos.

De kinyújtotta a kezét, hogy visszautasítsa a nő erőfeszítéseit.

Se dio cuenta de que no estaban interesados en sus planes.

Rájött, hogy nem érdeklik őket a tervei.

Y entonces recordó la gran prisa en la que había estado.

Aztán eszébe jutott, milyen nagy sietségben volt.

"Ciao entonces", dijo ella, insultada por la falta de interés.

– Akkor ciao – mondta, sértődve az érdeklődés hiányán.

Pero antes de irse cerró la puerta de un golpe terriblemente fuerte.

De mielőtt elment volna, rettenetesen erősen becsapta az ajtót.

"La despedirán esta noche", dijo el señor Samsa.

– Este kirúgják – mondta Mr. Samsa.

Pero su esposa y su hija estaban demasiado ocupadas para responderle.

De a felesége és a lánya túl elfoglaltak voltak ahhoz, hogy válaszoljanak neki.

Porque la criada había perturbado la paz recién adquirida.

Mert a szobalány megzavarta újonnan megszerzett nyugalmukat.

La madre y la hija se levantaron para ir a la ventana.

Az anya és a lánya felálltak, hogy az ablakhoz menjenek.

Y abrazados se quedaron allí.

És átkarolva egymást, ott maradtak.

El señor Samsa se giró en su silla para mirarlos.

Mr. Samsa megfordult a székében, hogy rájuk nézzen.

Y por un rato los observó en silencio mientras estaban allí de pie.

És egy ideig csendben figyelte őket, ahogy ott álldogálnak.

Finalmente les gritó: "¿Queréis venir a mí?"

Végül odakiáltott nekik: „Eljössz hozzám?"

"Olvidémonos de todas esas cosas viejas, ¿de acuerdo?"

– Felejtsük el ezeket a régi dolgokat, jó?

"Ven a mí y dame un poco de tu atención."

„Gyere oda hozzám, és szentelj nekem egy kis figyelmet."

Las dos mujeres hicieron lo que él les dijo y corrieron hacia él.

A két nő engedelmeskedett a parancsnak, és odarohantak hozzá.

Le dieron un abrazo cariñoso y le besaron.

Szerető ölelést adtak neki, és megcsókolták.

Regresaron rápidamente para terminar de escribir sus cartas.
Gyorsan visszatértek, hogy befejezzék a leveleik megírását.
Luego los tres abandonaron el apartamento juntos.
Aztán mindhárman együtt elhagyták a lakást.
No habían salido juntos de casa desde hacía meses.
Hónapok óta nem mentek ki együtt a házból.
Y tomaron el tranvía hasta las afueras de la ciudad.
És villamossal mentek a város szélére.
Tenían todo el vagón del tranvía para ellos solos.
Az egész villamoskocsi az övék volt.
La luz del sol entraba a raudales por la ventana desde el exterior.
Kintről az ablakon besütött a napsütés.
La familia se reclinó cómodamente en sus asientos.
A család kényelmesen hátradőlt a székeiben.
Y discutieron las perspectivas para su futuro.
És megvitatták a jövőjük kilátásait.
Al examinarlos más de cerca, sus perspectivas no eran malas.
Közelebbről megvizsgálva, a kilátásaik nem is tűntek rossznak.
Los tres tenían trabajos con potencial para ganar más.
Mindhármuknak volt olyan munkájuk, amivel többet tudtak keresni.
Nunca se habían preguntado sobre su trabajo.
Soha nem kérdezték meg egymástól a munkájukról.
Pero ahora finalmente tenían tiempo para discutir esas cosas.
De most végre volt idejük megbeszélni az ilyesmit.
También tenían la opción de mudarse a un apartamento más pequeño.
Lehetőségük volt kisebb lakásba költözni is.
Esto tendría el mayor impacto en sus vidas.
Ennek lenne a legnagyobb hatása az életükre.
Su apartamento actual había sido elegido por Gregor.
A jelenlegi lakásukat Gregor választotta ki.
Pero ahora podrían mudarse a algún lugar más asequible.
De most már költözhetnének egy megfizethetőbb helyre.

Un apartamento más pequeño, pero en un lugar más práctico.

Egy kisebb lakás, de valami praktikusabb helyen.

Hablar sobre el futuro hizo que Grete se sintiera nuevamente más animada.

A jövőről való beszélgetés ismét élénkebbé tette Grete-et.

El señor y la señora Samsa también notaron otros cambios en ella.

Samsa úr és asszony más változásokat is észrevettek rajta.

Sus mejillas se habían vuelto pálidas por todas sus preocupaciones.

Az arca sápadt lett a sok aggodalomtól.

Pero ahora su hija se estaba convirtiendo en una bella dama.

De most a lányukból előkelő hölgy lett.

Ahora ella realmente era una joven bien formada y hermosa.

Most már valóban egy jó testalkatú és csinos fiatal nő volt.

Sus padres guardaron silencio y admiraron a su hija.

A szülei elhallgattak és csodálták a lányukat.

Se miraron el uno al otro comunicándose inconscientemente.

Önkéntelenül beszélgetve néztek egymásra.

"Pronto llegará el momento de encontrar un buen hombre para ella."

„Hamarosan itt az ideje, hogy jó férfit találjunk neki."

El tranvía había llegado a su destino y redujo la velocidad.

A villamos megérkezett a célállomására, és lelassított.

Su hija pareció confirmar sus nuevos sueños.

A lányuk látszólag megerősítette új álmaikat.

Ella fue la primera en levantarse y estirar su joven cuerpo.

Ő volt az első, aki felállt és megnyújtóztatta fiatal testét.

www.ingramcontent.com/pod-product-compliance
Lightning Source LLC
Chambersburg PA
CBHW011042190726
48290CB00011B/2958